沙枣花的故事

从高考落榜生到美国哲学博士

杨薇 著

北京出版集团
北京出版社

图书在版编目（CIP）数据

沙枣花的故事：从高考落榜生到美国哲学博士 / 杨薇著. — 北京：北京出版社，2021.1
ISBN 978-7-200-15547-1

Ⅰ. ①沙⋯ Ⅱ. ①杨⋯ Ⅲ. ①回忆录—中国—当代 Ⅳ. ①I251

中国版本图书馆CIP数据核字（2020）第067292号

沙枣花的故事
从高考落榜生到美国哲学博士
SHAZAO HUA DE GUSHI
杨薇 著

*

北 京 出 版 集 团
北 京 出 版 社   出版
（北京北三环中路6号）
邮政编码：100120

网　　址：www.bph.com.cn
北 京 出 版 集 团 总 发 行
北京人文在线文化艺术有限公司发行
新 华 书 店 经 销
天 津 雅 泽 印 刷 有 限 公 司 印刷

*

880毫米×1230毫米　1/32　6.75印张　151千字
2021年1月第1版　2021年1月第1次印刷

ISBN 978-7-200-15547-1
定价：46.00元
如有印装质量问题，由本社负责调换
质量监督电话：010-58572393

前言

有这样的一个女孩,她踩在父母的肩头上长大成人,带着父母的祝福走向独立和成功。可是,在她实现了梦想的时候,却不能和父母分享,因为父母已经在她留学美国期间谢世了。在美国西北大学举行的博士学位授予仪式上,她掩藏了心中的悲哀,强颜欢笑地接过梦寐以求的学位证书。得到博士学位本该是一件值得高兴的事,可这个女孩却满眼泪水,一脸的失落。她的骄傲和喜悦被伤感吞噬了……对她来说,没有得到父母的祝福,她的努力就没有太大的意义。孤独的她闭上了眼睛,自责自己竟然相信父母的在天之灵会在她需要的时候出现的鬼话。她希望自己是个疯子,能在虚幻中和父母团聚,哪怕只是看一眼微笑的父亲和挂着泪水的母亲,也足以让她开心。她甚至不会计较父亲惯用的让她快走开的手势。在这个重要的时刻，父母的缺席让这个女孩失望，她不知所措地捧着博士学位证书发呆。

我就是这个在实现目标之后不知道该去何处向父母报捷的女孩。博士毕业已经15年了，当年的假装开心折磨了我多年，心中满是对父母的愧疚。我遗憾父母和姐妹没有出席我大学本科和研究生的毕业典礼，更伤感不能和父母分享我的成功，因为读大学是我们这代人的奢望，是父母的梦想。

我是一个出生在20世纪60年代的中国传统女人，非常理解和敬重中国父母望子成龙、望女成凤的心愿。为了让孩子们过得好，父母们会忍辱负重，把委屈压在心底，心甘情愿地做孩子们成长的垫脚石。我的父母就是这样过了一辈子，不管工作得有多辛苦，生存得有多卑微都没有怨言。他们对我们的唯一要求就是要争气，把书读好，不要让他们丢面子。我很孝顺，能体贴父母的良苦用心，把父母的愿望放在心里，希望能有一天把骄傲挂在父母的脸上。可是，由于我的野心膨胀，我没有邀请父母到美国史密斯学院见证我拿到学士和硕士学位。对于那时的我来说，得到学士和硕士学位只是不足挂齿的暖身项目；而得到博士学位才是大孝，这才是一个可以让父母扬眉吐气的礼物。可是，父母的谢世让我的计划泡汤，让我的努力失去了意义，也让我失去了邀请他们参加我的博士学位授予仪式的机会。事后，我开始反省自己的自私，因为在计划的时候我只想到自己，把为父母争光用作托词。痛定思痛后，我开始厌恶自己的自私和对孝顺的亵渎，因为让父母在等待中辞世是我的过错，我不能原谅自己。

我犯的第一个错误，是把向父母证明自己作为奋斗的目标。我忘记了对父母表白情意也是孝顺的方式。因为误解我怨恨了父亲很多年，直到父亲去世，也没有和父亲真正修好。我一直停留在抱怨父亲对我的严格和挑剔上，把父亲对我的严厉看作惩罚，却没有留意父亲的默默支持。在20世纪70年代，买一台"砖头"收录机作为英文学习工具很奢侈，买一套英文版的《新概念英语》很昂贵，可是父亲却毫不犹豫地买来送给我，因为我告诉他我想学英文。为了躲避父亲，我在17岁的时候违背父命逃到了敦煌；在懂得了父亲的激将法后，却没有向父亲坦白我的谅解。我把赢得荣誉、让父亲刮目相看当作了人生目标。我把雪耻的决心带到了美国，一心一意地准备了10年，计划把博士学位作为一份重礼献给父母。我想代表姐妹圆父亲的大学梦，因为我知道这是父亲最想要的礼物。可我犯了许多游子都犯的错误：在奋斗中把自我放在了第一位而忽视了父母的情感需求。直到今天，我依然懊悔没有给父母坐飞机到美国旅游的体验。我懊悔没有打开心灵之窗，给父母了解我的机会，向他们诉说我的孤独和悲哀。我懊悔没有让父母知道，我全力以赴地努力为的是把奢侈和荣誉送给他们。我想告诉他们，我心疼他们一生兢兢业业又一生贫寒。尽管我在取得每一个荣誉或学位的时候都会想到父母，可我没有告诉他们我的心意。妄图用学士、硕士和博士学位来洗脱对父母的愧疚，让我羞愧不已。

我犯的第二个错误，是在匆匆赶路的时候忘记陪伴父母，失去了了解父母的机会。高考落榜后，我把弥补自己对父母的亏欠看得很重，把成功看得很重，忘记了做女儿的责任。年轻的时候没有时间观念，我天真地认为我有很多的时间来孝顺父母，可我忽视了父母在变老，等待的时间在递减的自然规律。在国内的时候，我吝啬陪伴父母的时间，常常找借口躲避回家探亲。到美国留学后，我隔着太平洋想家，但为了尽快拿到学位，我在留学后的前三年没有回过家。当拿到美国史密斯学院的学士和硕士学位的时候，我让冰冷的电话线传递了我的喜悦。当我在电话中听到父亲微微发颤的声音和母亲低低的抽泣声时，我捧着电话在流泪，却没有意识到自己的考虑不周。在得到博士学位的时候，我孤独地站在台上寻找着父母的身影，脑中翻来覆去地想着一个问题："爸爸妈妈会不会知道我成了博士？"我甚至遐想父母站在家门口向我招手的样子。当意识到父母不在的时候，我流泪了，愧悔自己对永远沉睡在中国西北戈壁滩上的父母的不用心。我后悔没有在父母活着的时候照顾好他们，没有在他们生病的时候在床头尽孝，没有在他们"启程"的时候送他们一程。

　　我犯的第三个错误，是错过涌泉相报滴水之恩的机会。我的成功不全靠我个人的努力，还有我身边一群人的付出。一路走来，我欠下很多人情债。我羡慕旧时代的人，因为金钱和权力拉开了施恩者和受惠者的距离，让受惠者在脱胎换骨之后有回报恩人的机会——至少在文学作品中是这样描述的。我不想把接受他人的恩惠当作理所当然，更不想做忘恩负义之人，我一直没有忘记那些帮助过我的好人。我相信报恩可以慢慢来，可没有想到做起来会如此的艰难。步入社会以来，我一直努力做好人，全力以赴地奋斗，希望在成功后报答帮助过我的好人。可是，世道变了，人和人之间的关系变得格外复杂，即使我有心，把握报恩的机会也很难。因为不堪内心的压力，我通过间接报恩来减少自己的愧疚，把同样的恩惠传递给他人。可我依旧无奈和悲哀，因为我无法报答那些地位、财富和实力都远远地超过自己的好人。

对父母和朋友的不用心让我夜不能寐，过得辛苦。我不敢忘记老领导的提拔、老师的指导、朋友的宽容和家人的不离不弃，是他们帮我走出了人生的低谷，得到重塑自己的机会。在过去的20多年里，我一直在努力回报当年得到的恩惠，可我依旧错过了对一些好人说谢谢的机会。当我弱小的时候，我只能仰视自己的恩人，叹息自己人微言轻，悲哀自己不够强大，没有扭转乾坤的实力。当我最后站起来的时候，早已事过境迁，错过良机。为了安慰自己，我帮助很多中国学子实现了留学美国的梦想。在事业上，我全力提携后进者，在他们最需要的时候伸出援手而不图回报。可是，无论如何努力，我始终有一种未曾尽力的悲凉感。对帮助过我的前辈来说，他们或许没有意识到，他们的善举是送给一个陷入困境的弱者的救命稻草。既然欠钱还钱、欠债还债是天经地义的，我不敢认同"大恩不言谢"的言论。我后悔自己等待太久，动作太慢。即使有点晚了，但我希望大家能看到我的诚意，因为我是一个有恩必报的信义之人。

我把我的心声写出来为的是放下愧疚，轻松生活。与其说这是回忆录，不如说是我欠大家的一份情。不管帮助过我的人是不是在乎，我依然想表白我的心意。父母的鞭策、家人的守护和友人的陪伴助我一步一个脚印地走向成功。通过记录影响我成长的人（父母、导师、旧识、友人和家人）、我生活过的地方（甘肃安西、敦煌、美国麻省北汉普顿市、伊利诺伊州的埃文斯顿市和新泽西州的普林斯顿市）和想念的旧物（沙枣花、日本园林、密歇根湖和蓝色奶酪），我想告诉大家，我没有忘记我从哪里出发，没有忘记曾经帮助过我的好人。当我散步在史密斯学院的天堂湖和日本园林的时候，当我倾听密歇根湖的涛声、品尝芝加哥的蓝色奶酪的时候，我铭记着新朋老友的情意。当我面对癌症的时候，我感动的是家人的不离不弃。当我登上了事业高峰成为一名学者的时候，我感谢导师和教授们的栽培。作为女人，我很知足，因为我在美国找到了知音和伴侣。作为母亲，我很努力，把女儿培养成了一个对社会有用的人。但是作为朋友，我羞愧没有把心中的感激说出来。

　　我把自己的故事讲出来为的是公开致谢帮助过我的好人们。我想告诉他们，我没有辜负他们的提携和守护，一直在做最好的自己。我希望能在想感激的人离开之前，最牵挂的人变老之前，最在意的人退出舞台之前说出我的感恩。如果没有这些好人，我一定会输在基础太差、条件不好和没有依靠的起跑线上。命运戏弄了我的求学生涯后，这些好人帮我这个高考落榜生重新站了起来。我真心地感谢养育过我的父母，扶持过我的前辈，支持过我的旧识和守护我的家人。

　　我写出我的感恩为的是让后来者不再重蹈我的覆辙，在乎自己身边的人。听故事的人不必认识我写到的人或熟悉我经历的事，我和盘托出的目的是想让读者在我的叙述中看到我的成长历程和那些好人的付出。除了敦煌研究院的段文杰院长，美国史密斯学院的玛莉琳·瑞教授，美国西北大学的胡素馨教授和美国普林斯顿大学的太史文教授外，我的恩人们大多是鲜有人知的"普通人"。他们是我的中学同学、退休的美国建筑师和工程师、家庭主妇、前同事（会计、讲解员）和旧识。我的父母、丈夫、婆家人和女儿更是普通，他们像世上所有人的家人一样，默默地关注着我的成长，陪我经受各种考验。和这些好人有缘相识和并肩前行是我此生最大的造化。和戈壁沙枣花谈心事，在日本园林中减压，在密歇根湖畔哭泣和在家庭园林中微笑是我幸福人生的全部。

我感恩好人们的善良和大自然的无私。

目 录

独　白　　　　　　　　　　　001

少年沙枣花（1979）

沙枣花　　　　　　　　　　009
父　亲　　　　　　　　　　018
母　亲　　　　　　　　　　030
落榜生　　　　　　　　　　041

成长在敦煌（1980—1995）

讲解员　　　　　　　　　　051
友　人　　　　　　　　　　059
婚　变　　　　　　　　　　067
贵　人　　　　　　　　　　079

留学和创业在美国（1995—2005）

博　导　　　　　　　　　　093
日本园林　　　　　　　　　102

密歇根湖	114
蓝色奶酪	121
创　业	128

亲　情

堂　兄	143
女　儿	150
丈　夫	162
婆家人	177

结束语　做最好的自己	195
后　记	201

独白

我是谁？我时常问我的先生太史文。他告诉我说："你是一个教育工作者，一个美术史学家，一个艺术评估师，一个创业者，一个作家。"仔细想想，太史文的话很有道理。我的确拥有一个丰富的人生，扮演过各种各样的角色。但是太史文忽略了我的一个最重要的身份——一个20世纪90年代初到美国留学的中国留学生。我很看重这个身份，因为它代表了我人生的转折点。

尽管心中略有不爽，我不埋怨先生想不起我的留学生身份，因为他只看到了我的现在，即付出和努力的结果，却没有想起我从哪里出发。我不苛责朋友们不了解我的过去，因为他们没有看到过我昨日的卑微。为了荣誉，我付出了爱情、青春和健康。为了重生，我32岁背井离乡，辞女别母，踏上了艰难的留学之路。尽管前途未卜，但我一意孤行地走出了国门，因为我想救自己。面对今天的成就，我不敢苟同我是命运的骄子的说法，因为我付出的不仅仅有青春、泪水和汗水，还有情意。

我的故事是20世纪90年代一个中国自费留学生的故事，一个贫困学子通过努力改写命运的故事。

我是一个满腹委屈的人。我很怜惜自己少年时代的无助和卑微。我家在甘肃省安西县（现瓜州县），河西走廊尾部的一座小城。在我的记忆里，沙枣花是这座小城最美的颜色，也是对我少年时代的最好诠释。因为生不逢时，我成长得艰难，度过了孤独的少年生活。因为我是三个女儿中的老二，往往是那个不被重视的孩子。因为父母是有"政治问题"的外地人，我们一家生活得艰难。20世纪60年代初，年轻气盛的父亲被错划为"右派"，受到停薪留职去农村劳动的处分。母亲因为父亲的问题而备受欺凌，艰难地担起养育三个幼女的责任。想到母亲当年的谨慎小心，害怕给家里带来灾难的惊慌样子，我依旧心痛。因为少不更事，我的桀骜不驯和倔强带给了父母更多的屈辱，我忘不了父母因我而低三下四地给邻居赔笑脸道歉的样子。因为在意父亲眼中的质疑或不满，我在17岁那年离开父母到外地工作，为的是找到昂首挺胸做人的机会。我渴望父爱，怨恨父亲的冷漠，所以一直很反叛父母，试图得到他们的注意。当我打架流鼻血或受伤跑回家后，我希望父亲能问我打架的原因或伤得重不重，而不只是责备我在外面闯祸。高考落榜和就业无望更是雪上加霜，让我彻底失去了面对父母的勇气。

我是一个很骄傲的人。可是，高考落榜击垮了我的自信，让我变得脆弱多疑。出生在火红的20世纪60年代，被锁进多变的70年代和改革的80年代，这固然不是我的过错，我却为生活在那个时代付出了代价。高考落榜伤到了我的自尊心，落榜后的就业无望点燃了我反击的烈火。因为父母无权无势，我没有在当地就业的可能，只能离家到敦煌寻求一片天地。自17岁到敦煌后，我一刻也没有忘记自己雪耻的誓言。可是，命途多舛，在敦煌的15年是我被高考落榜的阴影折磨的15年，处境尴尬，生活被动。

我是一个不信命运的人。1979年的高考失利和就业无望曾经让我颓废，"胜者为王，败者为寇"，现实压得我喘不过气来。即使不甘命运的安排，但我不敢为自己大声辩解，因为上大学是我脱离困境的唯一机会。在敦煌工作的15年里，我饱受没有大学学历的屈辱，低声哀叹自己的无力。

1995年当得到留学美国的机会的时候，我正式启动了自救的工程。即使在28岁时担任了敦煌研究院接待部副主任，但没有文凭的压力和任人驱使的被动仍然让我自卑。因为我相信知识是强大自己的武器，我不惜代价地寻找上大学的机会。尽管国内的处级职务、中级业务职称、优厚的生活条件和陪伴幼女的天伦之乐让我犹豫不决，但到美国读本科拿学位的诱惑仍让我做出背水一战的决定。我捧着美国史密斯学院的录取通知书，似乎看到了自己的希望。

为了留学，我放弃了国内的所有。到美国后的艰难和无助没有击垮我坚持的信念，因为我不能失败。当我在美国打工辛苦得落泪时，我不敢退缩自怜，害怕自己会一蹶不振。当天天吃廉价面包夹果酱咽不下去的时候，我不敢抱怨，因为我相信苦尽会甘来。因为不会用电脑，我通宵达旦地打印论文，每打错一个单词都必须从头开始。因为怕打印机咯吱咯吱的响声会影响到隔壁同学的休息，我把枕头放在打印机上以降低噪声。因为没有车，我步行两个小时到价格便宜的超市购物，为的是能节省开支。为了能以最短的时间拿到学位，我过着"宿舍—教室—图书馆"三点一线的苦行僧般的生活。在留学的3年中，我没有回国探亲，没有参加过舞会，没有看过电影，也没有在周末休息过，终于完成本科课程得到了学士学位。自知天分不够，我不敢偷懒，把保持成绩优秀以得到下一年的奖学金作为努力的第一目标。当留学两年后，我拿到美国史密斯学院的学士学位时，我得到了抬头挺胸做人的资格；在留学的第三年，我拿到该校的硕士学位；第十年，拿到了美国西北大学的博士学位，我证明了自己的优秀。我为自己的坚持不懈骄傲，用行动证明了被大学拒之门外的落榜生不一定是庸才。我仍记得在获得艺术史学士学位和东亚佛教艺术硕士学位后，我睡了整整两天，算是对自己的奖励。留学美国改变了我的生存观和事业观，唤醒了我的自信。

我是一个敢追梦的人，尽管追到的梦想不是我的第一选择。我从小想做医生或律师，可在美国却选修了美术史专业，最终做了一个哲学博士。说来惭愧，我选择美术史专业是因为这个专业的奖学金。放弃医生梦和律师梦让我不自在，但是成为一个中国美术史学家也算是歪打正着。获得美国名校的三个学位给了我很大的慰藉；而且，我渐渐地喜欢上了美术史专业，算是不错的结局。在获得美国西北大学的博士学位后，我不满足做一个教授而弃教从商，走上了一条文科博士创业的道路，因为我想看看自己除了读书外有无其他的特长，我想找到适合自己性格的职业。在我的眼中，创业比教书搞研究更刺激，更有挑战性，更能发挥我的特长。博士毕业后，我辞去了美国普林斯顿大学的工作，创立了一个以中国艺术为主的亚洲艺术咨询和评估公司，圆了自己的创业梦。其实，我曾对是否离开大学讲堂很犹豫，但创业的破釜沉舟的悲壮更让我动心，我抵御不了自己想试一试的欲望。在我的亚洲艺术咨询和评估公司成为美国业界的金牌公司的第十五年时，我才敢为自己的大胆和勇气点赞。

我是一个愿意进步的人。这一路走来，我理解最深刻的是祸福相依的法则和谦虚的力量。高考落榜后的落寞教会我在挫折中看到希望，在成功后保持冷静，在艰难的时候善待自己。尽管经历过太多的坎坷和不顺心，但我很感激命运对我的关照。不放弃是我送给自己最好的礼物。当我在跌跌撞撞中寻找自己的时候，命运看到了我的努力，点拨了我的成长，把谦虚灌入了我的血液。因为正视了自己的不足，我学会了吸取失败的教训，调整成功后的目标，博采他人的长处，最大限度地完善自己的优势，以赢得最后的胜利。在我的人生旅途中，对"天外有天，人外有人"的信念让我不敢懈怠，因为要做最好的自己需要实力。我懂得做命运的主人靠的不仅仅是天赋和运气，还有谦虚。

我是一个做人不周的人。我不敢为在美国留学的圆满和在美国创业的成功而沾沾自喜，因为这一路走来我欠下了很多的人情。回头看自己走过的路、做过的事和结识过的人，我懊悔自己做人的不用心，错过了报答父母的养育之恩，前辈的提携之累和友人的陪伴之苦。因为奔走得匆忙,撤离得突然,我忽视了家人、旧识和友人的感受。我不敢继续孤芳自赏,因为落子无悔后的遗憾让我厌倦了戴面具的完美。不惑之年的焦虑燃烧着我的愧疚,让我不敢再坚持自己的清高,不敢继续为自己的行为开脱责任,因为时间的压力迫使我把话讲清楚。尽管写出自己的软弱和欠缺很尴尬,但是请家人、旧识和友人聆听我的感恩比脸面更重要。

我是一个用心做事的人。我不是做大事的精英,但我自信有精英的素质和梦想。我对"精英"的理解很简单。我认为"精英"是一种认同,任何肯努力、愿意付出的人都可以成为精英。想成就事业的精英必须学会爬山,有脚踏实地地从山底开始的决心。只有坚持不懈,排除万难,登到顶峰的人才会看到属于精英的风景。成功的秘诀是胸有大志,不向困难低头,不自负,不被利益诱惑,不违背自己的良心。尽管我没有成就大事业,但对每件小事的认真和对与我有交臂之缘的人的善待让我心安。

我依旧是那朵来自戈壁滩的、骄傲的沙枣花,唯一的愿望是做最好的自己。

少年沙枣花（1979）

沙枣花

（1）

甘肃安西县是一个以甜美的西瓜和飕飕怪叫的沙暴出名的戈壁小城。城小，树少，花罕见。除了妈妈养在家里的绣球花和吊金钟外，沙枣花是我对少年生活的最好的记忆。

每年的冬季，县城似鬼城，街道冷冰冰，行人缩头缩脑，只有孤冷的麻雀、飕飕怪叫的风暴打碎死寂。因为缺水少树，沙暴天天刮得天昏地暗，机关放假、商店停业、学校停课，大家都窝在家里，只能透过窗户感叹大自然的冷酷无情。在刮沙暴的时候，人人蓬头垢面，一脸灰尘，脏得只能看见两个眼珠在转动，可怜又可笑。屋里的家具上都盖有一层厚厚的浮土，即使每天不断擦洗也没有干净的一刻。我一直很害怕荒凉的戈壁、光秃的干树和寒气四射的天气,尤其惧怕安西的沙暴。在安西生活了十几年,沙暴的肆无忌惮经常让我不寒而栗。可是,我很喜欢安西的沙枣花。

沙枣花是唤醒冬眠的第一使者。不管气候如何,每年的5月,沙枣花总会绽放在城外黑漆漆的柏油路旁,形成两条绵延的黄色花带。她从不辜负人们等待的耐心,用纯净的黄色给寂寞的戈壁滩涂上娇艳,让睡眼蒙眬的人眼前一亮;给安西小城罩上春意,让它焕发生机。对于这样一座沉睡的小城来说,俏丽的沙枣花很得人心;对我而言,等待沙枣花的开放,培养了我的耐心和毅力。

我喜欢沙枣花首先是因为我的母亲。母亲是江苏无锡人,20世纪60年代初毕业于江苏气象学校。毕业后,她响应政府的号召落户西北,一辈子过得简单辛苦。面对水土不服、气候恶劣、饮食不习惯等诸多难题,母亲坚持适应戈壁小城的生活,少有抱怨。沙枣树是母亲喜欢了一辈子的植物,直到去世前,她依旧提到沙枣花。母亲说沙枣树土生土长,其貌不扬却很顽强。沙枣花的耐旱耐寒耐碱,成就了她戈壁独秀的风采和无与伦比的生命力。母亲说做人应该像沙枣树一样,要学会适应和求生于艰苦的环境;做事应该像沙枣花一样自爱自重,不要计较得失。母亲经常把自己比作在西北求生存的沙枣花,把每年的5月看作希望的起点以及我们姐妹三人添夏装的时节。在我沮丧的时候,母亲会鼓励我想想沙枣花的坚强,要做一朵勇敢的沙枣花。小时候,我不太听得懂母亲的意思,只觉得沙枣花很好看,很好闻,做一朵小小的沙枣花似乎很不错。说来好笑,我从小脾气硬、主意大,习惯把父母的训诫"左耳进右耳出"，但我记住了母亲的这番话，并从心底里喜欢上了沙枣花。成年之后，我时常回味母亲讲过的话，终于明白母亲对女儿的期望。

（2）

少年时代，沙枣花是我最忠诚的玩伴。

因为没有姐姐的美丽和妹妹的乖巧，我经常叹息自己在家中的多余。像羞涩的沙枣花躲在树叶后一样，我不自信，喜欢躲在不被人注意的角落观察这个世界。我不喜欢和父亲亲近，害怕引火上身。因为惧怕，我学会了忍耐和自律，不给父亲惩罚自己的机会。为了讨父亲的欢心，我学会夹着尾巴周旋在父母身边，但从来不敢放肆大笑、轻举妄动或得意忘形。我不喜欢待在家里，因为察言观色很辛苦。久而久之，我的性格中多了几分野性，向往无拘无束的独立。于是，在受委屈的时候，沙枣林是我唯一可以发泄的地方。

因为父母不得势，我们常常被当地的小孩欺负。我怕别人看到我的软弱，因此到沙枣林中对着沙枣花倾诉委屈成了我的习惯，沙枣花的静静陪伴让我有安全感。

在受委屈的时候，我会带着喜欢的小人书来到沙枣林，躲在树枝上流泪。在失望和不开心的时候，我会在沙枣林中狂奔呐喊，发泄出所有的不快。在感到窒息的时候，我会爬到沙枣树上怪声怪气地唱歌，歌声连我自己都觉得刺耳，可我会坚持到把我知道的歌曲都唱完，直到嗓子喊哑，眼泪流干才溜回家，然后若无其事地继续生活。在心情不好的时候，我只能躲进沙枣林，把淡定的沙枣花当成自己发泄不满的听众。在无聊透顶的时候，我会把沙枣花的灿烂据为己有，鼓励自己坚持。当天气变凉的时候，我会担心沙枣树，不敢想象沙枣树被沙暴袭击和狂风鞭打得摇晃不定。当沙枣花凋谢之后，我会对等待来年花开的漫长感到哀伤。

读中学的时候已是"文化大革命"的尾声，学校开始抓教学，但功课不重，我有大把的时间到距离县城两公里外的沙枣林中消磨时间，享受沙枣林的寂静和沙枣花的清香。只有在那里，我可以放开做自己，因为沙枣花只会默默地倾听我的心声而不会对我的行为评头论足。

年复一年，我和沙枣花彼此守护，共同面对现实的考验。

沙枣花朴实而慷慨，给我无聊的少年生活带来了乐趣。她没有桃花的妖冶，没有玫瑰的多情，更没有杏花的矜持，沙枣花的素颜展现了她的与众不同。当天气转暖，沙枣树开始呈绿、呈棕，优雅地扛起银白色的嫩枝丫在骄阳下舒展肢体的时候，我感觉整个冬天的等待都是值得的。当看到涩涩的绿叶披着厚厚的白霜，托着娇黄的喇叭形的四瓣小花簇享受阳光的时候，我感慨太阳的慷慨。当看到娇小柔弱的小黄花在略带白雾的橄榄形绿叶上争艳的时候，我感叹她的顽强。当不修边幅的嫩枝和带着淡淡苦涩的花香在狂风中轻轻摇动的时候，我随着风势在沙枣树旁跳跃。多少次，我站在沙枣树旁，默默地看着飞驰而过的车辆因沙枣花香而减速缓行。当游客打开车窗深深地吸入沙枣花香的时候，我骑在树枝上向陌生人招手致意。花开的时候，我会采摘几枝沙枣花放在家中，满屋生香。在秋季结果的时候，我会采摘暗红色的沙枣交给妈妈做成沙枣馍。尽管不喜欢难以吞咽的沙枣馍，我依旧小心地帮助妈妈清理沙枣，兴奋地等待沙枣馍出笼。我偶尔会把妈妈蒸的沙枣馍拿到学校炫耀，以回敬小朋友们评价妈妈厨艺差的不恭。更多的时候，我独自守着沙枣花，细细地端详她的嫩黄，轻轻抚摸她的花苞，用指尖点一点花蕾中的棕红色小帽，遗憾自己没有绽放美丽的机会。能亲眼见证沙枣花的起苞、绽放和挂果是一份巨大的幸福。

（3）

我在沙枣林中成长，也从沙枣花身上学习。

沙枣花教会我欣赏朴实的美丽。因为小的时候缺乏美学教育，我的审美观一向很简单。带小碎花的布料，有田野气息的头饰足以让我欣喜若狂。小时候，因为家里穷，我穿惯了宽大无板型的衣服，没有美丽的概念。读高中的时候，我穿的是父亲找关系从部队弄到的草绿色军装，妈妈做的蓝色列宁装，结实的翻毛皮鞋或妈妈亲手做的布鞋。因为不喜欢时尚的旧军装，我特别钟情于妈妈做的小花衣。有的时候瘦小的上衣和略显短的布裤让我有点难为情，可我不会在乎。我喜欢漂亮的头饰，绑在小辫上的打成蝴蝶结的红头绳曾经让我快乐无比。花开的时节，我会把沙枣花枝编成小花环戴在头上向母亲炫耀，直到母亲夸耀我的妆饰，我才肯结束纠缠。我会把快开放的花枝插入有水的玻璃瓶放在窗台边，让我的房间多一分少女的味道。我会对着沙枣花枝发呆，摸着那些已开放的花瓣和待放的花蕾想心事。我会闭着眼睛做沙枣花公主的梦,编织一个个和王子相爱的故事。我想象自己是一个优雅朴素的沙枣花公主,住在荒凉开阔的戈壁城堡里,全心全意地等待着王子的出现。我想自己不够美丽,不会有帅气的王子爱上我、带我离开贫穷,便绞尽脑汁用红头绳打成各种各样的花结戴在头上。沙枣花收藏了我的很多小秘密,包括我的梦想,她从来没有抛弃过我。无论我的心情如何,她总是默默地陪伴着我,用她的苦香淡化我的寂寞,用她的灿烂擦去我的眼泪。年复一年的沙枣花开,讲述的是一个最简单的、关于耐心和希望的故事。

  沙枣花的新陈代谢教会我宽容,学会长大。少年时期,我犯错很多但内疚很少,因为我只看到自己的委屈,很少顾及他人的感受。到敦煌工作后,我稍稍成熟了一些,开始反思自己的行为。最让我内疚的是,我曾经对沙枣树和沙枣花不够怜惜。我后悔在每年的开花季节爬到树上折断花苞最多的老枝拿回家插瓶,而没有想过数日后凋谢的花蕾会因此失去结果的机会。我后悔在树枝掰不断的时候强行带皮撕下,而没有问过沙枣树是不是伤得很痛。我后悔在沙枣花枯萎了之后随意把花枝丢弃或用作烧火柴,没有体会过黛玉葬花的凄凉。我感动黛玉的葬花之悲,但从来没有反省过自己的粗鲁不堪。离开家乡的很多年后,我才意识到自己当年的幼稚。后来和妈妈聊起我对沙枣树的愧疚时,妈妈安慰我说,"事情都过去这么多年了,不要太放在心上。你小时候折断的树枝早已更新换代,受伤的旧枝会被新枝取代,沙枣树是不会在意的,因为沙枣树的特点是不屈不挠"。妈妈还调侃我的多愁善感,说她会替沙枣树接受我的这份迟到的歉意。可是每每想到我对沙枣树的伤害和摧残,我依旧自责。

我把沙枣花的坚韧融入了我的性格。如同沙枣花经历沙暴和骄阳的考验一般,我习惯了承受生活的压力。高考那一年,我的压力很大,因为考上大学是离开安西的唯一机会。我害怕自己考不上大学,对父母没法交代。在7月7日高考日的前一天,我钻进了已经没有沙枣花的沙枣林中祈祷自己能考上,因为我想离开安西。我恳求陪伴我多年的沙枣花帮帮我,让我通过高考,看到前途和希望。可惜的是,我高考落榜,面临的是等待就业的命运。因为无力改变自己待业青年的身份,我仰赖沙枣树的陪伴,从绝望中奋起自救,在等待中抗争命运对我的安排。

(4)

当我离开了故乡戈壁,到离敦煌城25公里的莫高窟生活后,我最想念的是故乡的沙枣花。后来,到美国留学,我离沙枣花越来越远,当她的形象变得模糊的时候,我会上网搜寻沙枣花的图片帮助自己记住沙枣花的倩影,想象沙枣花的风采,回味沙枣花香的苦涩。

在美国读研究生的时候,我多次回到河西走廊考察石窟和博物馆,却没有看到沙枣花,因为7月放假的时候已是沙枣树的结果期。每次路过河西走廊这块既熟悉又陌生的土地时,我都会留意路旁的沙枣树,想象那载花结果的胜景。有的时候,我会站在位于美国东部的自家花园里，情不自禁地把盛开的玫瑰和月季幻化为娇黄的沙枣花。因为思念沙枣花，我常常在周围的园林商店寻觅沙枣树苗，但一无所获。先生体谅我的失落，鼓励我讲沙枣花的故事给他听。当我告诉先生最打动我的是沙枣花的与世无争和承受残酷的坚毅，当我闭着眼睛向先生描述沙枣花海的美丽和沙枣花的慷慨的时候，先生知道了那是我的坚强性格的源泉。

已经过去40年了，我再没看过小时候经常玩耍的沙枣林。我不知道，我最爱的沙枣树是不是健在，爬过的老树是否安好。曾经在安西生活过的妹妹告诉我，我的沙枣林早就没有了，因为气候的恶劣和人为的破坏，戈壁滩上的中年沙枣树很少见。所以，目睹黄色的沙枣花带已是一份奢望。妹妹的话让我难过，我为逝去的沙枣林伤心，为不辞而别的沙枣花落泪，更为受尽委屈的沙枣花叫屈。我是真的想念那片带给我无限快乐的沙枣林和教会我自爱的沙枣花。如同不能根除出现在青丝中的白发，不能抹去爬上眼角的细纹，我自知无力阻挡大自然的新陈代谢。我为此生无缘再看到花香四溢的沙枣花而经常泪眼蒙蒙。我想对沙枣树说声对不起，不该在小时候肆无忌惮地爬到树上搞破坏。我想对沙枣花枝说声对不起，不该把带着花蕾的树枝强行折断带回家。我想对枯萎的沙枣花说声对不起，不该忘记"黛玉葬花"的心痛。

年少的时候，我不懂沙枣花的寓意，只看到她的靓丽而忽视了她的不屈不挠。离开安西40年后，我已经快忘记了西瓜的味道和沙暴的肆无忌惮，而对戈壁滩上的沙枣树和沙枣花的顽强仍记忆犹新。随着年龄的增长和距离的拉开，我对沙枣花的思念越来越强烈。

对沙枣花的记忆会伴我余生。我愿意转世为一朵最小的沙枣花,用坚韧和平凡装点我的人生。我会像沙枣树一样顽强,不因为环境艰苦而停止报春的脚步。我会像沙枣花一样慷慨,愿意贡献出所有的芳香。我会记住沙枣花的宽容,脚踏实地地做好自己。无论我生活在哪里,安息在哪里,我这朵绽放在异国他乡的沙枣花都会活得坚强和心安。

我知道,我的沙枣林已经不存在,沙枣花香也离我远去,但我会永远记住它们的美丽。

我是一朵来自河西走廊的沙枣花。

父亲

（1）

我很惧怕父亲。

每每想到他，我都会紧张，因为父亲在家里是至高无上的，不可冒犯。可是，父亲对我的影响很大，我这辈子做的每件大事都是为了得到他的首肯。

小时候因为惧怕他，我很会察言观色。如果父亲的脸阴沉，我会坐卧不宁，蹑手蹑脚地出入家门以躲避父亲的视线。如果父亲提高嗓门叫我，我会皮肤发紧，不知是祸是福。父亲很少对我笑，也从不主动和我讲话。每天放学后，我会像小偷一样溜进家门，在察看了父亲的表情后才敢决定下一个动作。如果父亲对我视而不见，我必须躲起来做功课，闭门不出。如果父亲的脸上有笑意，我做完功课后可以出去玩，即使晚一点回家也会平安无事。

他是一个典型的中国式父亲，对孩子们的管教是动口也动手。我不记得姐姐和妹妹是否受过体罚，我是三姐妹中挨皮带最多的一个。当我闯祸的时候，父亲轻则把我的检讨贴在墙上示众，重则用皮带教训我直到我认错方止。当父亲对客人调侃我的检讨书时，我感到无地自容。每次看到父亲，我都会条件反射地反省我的劣迹。父亲的严厉给我太多的惊吓，所以，离家很多年后，我对父亲是敬畏多亲近少。

对父亲的惧怕让我自小缺乏自信。对彼时的我来说，深感表现好坏不重要，因为父亲不会看到我的付出或夸奖我的努力。父亲宠爱姐姐，溺爱妹妹，唯独对我态度迥异，因为他不喜欢我的桀骜不驯。父亲认定生性顽劣的我需要严格管教，否则我会学坏。不管是在家里还是在学校，只要出状况，父亲便认定过错方是我，而且不容申辩。我最怕家长带着哭哭啼啼的孩子上门告状，因为父亲会不问青红皂白地当着来客的面教训我。为此，我习惯了不向父亲发问，不置疑父亲的决定，不在父亲的面前晃来晃去，我对自己的多余很敏感。

我怨恨父亲对我的挑剔，可总会莫名其妙地做一些让父亲高兴的事，去讨他的欢心。父亲对我和姐妹的态度始终不一样，我一直希望能得到和姐妹一样的父爱，可他一直把我当男孩子养育，在我很小的时候就开始培养我的责任感。在父亲的眼中，男孩子应该聪明能干，有生存能力，敢担当责任。父亲对我期望很高，比较看重我读书不错，人很聪明，会在我得到成绩优秀的嘉奖后稍稍改变对我的态度，他偶然的微笑会让我有一种受宠若惊的感觉。我盼望父亲能看到我的存在。可是，只有在我闯了大祸后，父亲才会关注我。

（2）

我真切地体会到父爱是我在学校得到纪律警告处分之后。

1978年秋季，我所在的班级在学校农场劳动一周。大部分的同学在割麦子，我和几个女同学被分配喂猪。休息的时候，我和三个女同学在农场瞎逛，看到了一片西瓜地。看着大大小小的西瓜，我们突发奇想：以最大的西瓜为目标比试一下各自的命中率。同学们都落空了，只有我的石子命中了西瓜。也许是熟透了的原因，西瓜砰的一声裂开了，吓了我们一大跳。在那个年代，打破农场的西瓜会以破坏公共财物论处，而中学生得到纪律处分是一件很严重的事，不仅会恶名远扬而且会影响到升学和就业。我知道闯了大祸。

学校很快知道了西瓜事件，红军出身的老校长尤其不依不饶。他认为打破西瓜是对国家财产的不恭，性质恶劣，他要求当事人主动坦白以求宽大处理。还没有来得及坦白，同学的举报已经让我背上了态度不好的罪名。不管我的检讨是不是深刻，学校决定给我一个纪律警告处分。让人哭笑不得的是，在当年的年度总结大会上，我同时得到成绩优秀的嘉奖和破坏公物的纪律处分。教务长解释说这叫赏罚分明。

处分公布后，我不敢回家，怕受到父亲的责罚。班主任时正新老师在教室发现了不敢回家的我，亲自把我送回了家。到家的时候，父亲显然已经从姐妹的嘴里知道了今天在学校发生的事，气势汹汹地坐在桌旁等我回家，一根皮带放在桌上。我仿佛已经看到了又一场斥责与抽打。

出乎意料的是，那一次，父亲没有立即发作，耐心地听老师讲了事情的原委和校长的小题大做。更令我惊讶的是，父亲显然很生气，但他生气的对象似乎不再是我，而是校长的处分。在时老师的支持下，父亲决定和学校交涉。在后来的两个星期中，父亲走访了校长和教务主任，试图说服他们改变处分决定，可是没有结果。因为校长的反对，教导主任和其他老师不敢为我求情。不甘心的父亲拿着我历年的成绩单和教师评语上访，在主管教育的县长和教育局的领导面前，申辩说一个品学兼优的学生不应该为一个小小的过错而终身受累。当年我算是学校的风云人物——学校的电台播音员、校园记者和宣传队的报幕员，大家都认识我。所以，我因打破西瓜而受到纪律处分的事在校园炸开了锅，并引起了学生家长们的关注。在舆论的压力下，校长最终根据父亲的要求在全校师生大会上撤销了对我的处分。

那时的我，只是为免去一次责罚而松了一口气，但直到后来到敦煌工作过干部政审关的时候，我才知道这个纪律处分背后暗含的巨大威力；直到多年后，我才意识到在那个年代，一份干净的档案有多重要。如果不是父亲有远见卓识，我的人生之路就会因为这个小错误而改变航道。我感谢父亲为我据理力争，使我真切地体会到父爱。可是，当时我并没有完全原谅父亲平日对我的偏待。我每天都盼着快长大，离开父母，到一个没有父亲的城市生活。

(3)

1979年高考落榜后，17岁的我考取了敦煌研究院的业务干部，总算松了一口气。尽管月工资只有28元，一年转正后是31元，但是我仍高高兴兴地到敦煌报到，因为那里没有父亲的监督。离家后，我很少主动联系父亲，也不愿过问和父亲有关的事情。即使在敦煌得到提升和嘉奖的时候，我也不会给父母报备，因为父亲很吝啬赞扬。我不喜欢回家，因为怕父亲数落我。即使是在春节休假期间，我也会在礼貌地和父亲寒暄之后，以最快的速度陪母亲到菜市场买菜或躲在厨房和母亲聊天。知道我和父亲的不和谐，母亲时常有意创造机会，让我和父亲沟通，因为她知道父亲喜欢和大胆犀利的老二聊天，可是，我不想和父亲说心里话。即使和父亲聊天，我也只是被动地听父亲讲他对国际时事、热点新闻、社会问题的点评，而很少发表自己的看法。在意见不合的时候，我会主动退避三舍，但不会放弃我的立场。最坏的时候，我会缩短假期提前返回单位，以示抗议。记得有一次在我愤然离家的时候，父亲默默地看着我拎着旅行袋走出家门，一句挽留的话都没说，反而对劝说的母亲说，"让她走吧"。

父亲的不挽留让我心寒，我难过了很久。为了报复父亲对我的不在意，我有意不让父亲参与我的成长。父亲没有参加我的集体婚礼，也不知道我的留学计划。当我把留学的手续办好回家辞别的时候，我假装没有看见父亲眼中的失落。有的时候，我对自己的固执感到内疚，但想起往日的委屈和父亲的冷漠，我就打消了道歉的想法。因为长期和父亲不和谐，我很早就学会了自己处理自己的事，躲起来流泪。我不想让父亲看到我的眼泪，骂我没出息。因为怨恨父亲，我从来没有主动去了解过父亲。

父亲的冷漠塑造了我的坚强，但渴望得到父亲的认可煎熬着我。尽管我非常渴望父爱，但不想低头求怜。我希望父亲能在乎我，在我受伤的时候问问我痛不痛，在我委屈的时候鼓励我坚持。我怨恨父亲在惩罚我之后若无其事地看报纸，好像什么都没有发生过一样。很多时候，我只能躲在角落里流泪。到敦煌工作前，当惹父亲生气的时候，为了安抚父亲，母亲要我给父亲让步道歉，理由是女儿应该给父亲面子。母亲的纵容在我看来是雪上加霜，因为我也有自尊。到敦煌工作后，我算是有了躲避的地方，不再需要面对父亲的责罚，也不必理会母亲的请求。为了避免和父亲正面冲突，我会找出各种借口不回家。即使回家，我也抱着敷衍的态度，以最快的速度逃回单位，因为，在父亲面前，我感到窒息。后来，父亲似乎想缓和我们之间的紧张关系，要求全家人在我回家期间不要惹我生气，让我开心而来满意而归，好好过完假期。父亲的特别安排让我很不自在，因为我明显地感觉到了母亲、姐妹的小心翼翼和父亲的欲言却止，加重了我回家的心理负担。不管母亲如何申辩父亲对我的厚爱，我都不相信，因为她是天生的和事佬。我清楚我和父亲的疏远，我感到自己的多余。

我在意了父亲对我的回避，却从来没有试图去理解父亲对我严格的原因。

（4）

我很不了解父亲，因为他很少谈他的心事。在父亲不高兴的时候，我们不敢问，只能揣测父亲的心意，谨慎行事以免火上浇油。

第一次听父亲谈自己是在1978年10月，父亲恢复了公职，补发了扣押的工资，心情似乎好了一些，但脸上的笑容依旧很勉强。为了庆祝，母亲特地加了肉菜，让父亲和他的老友吴伯伯喝酒聊天。看见父亲喝酒，我们全家很高兴——因为爷爷曾因醉酒乱讲话牵连了家庭，父亲为此坚持长年滴酒不沾。几杯酒下肚后，父亲有点醉了，谈到了他深藏心海的大学梦和此生无缘的悲哀。说到上大学的时候，父亲的眼中含着泪水，满脸的委屈，反复地告诉我们他是时代的牺牲品。父亲说如果上了大学，他可以像他的兄长一样做外交官，有一份体面的工作。父亲说："如果我有本事，你们和妈妈就不会如此被人欺负，受这么多的苦。"看到好强的父亲流泪，吴伯伯在一旁唉声叹气，母亲一言不发，我们三姐妹也不敢出声，因为这是我们第一次看到父亲流泪。我终于明白了父亲不开心的原因。

那时我才知道，父亲很难释怀"文革"对他造成的伤害，因怀才不遇而颇有怨言。

父亲是上海人，在20世纪60年代初响应国家的号召支边到甘肃，最后落户在安西，在县邮政局担任会计工作。年轻的时候，因为脑子灵活点子多，工作踏实，能力强，父亲很受领导的器重。后来，因为替他的老领导打抱不平，父亲受到牵连被下放到农村改造。在下放初期，父亲极力表现，希望能早点回城。在一个寒冷的冬天，父亲和老乡们一起跳进了冰冷的水渠去堵住崩溃的堤坝，从而落下了类风湿的顽疾。可惜的是，父亲的努力没能感动干部，他在乡下的邮电所待了很多年，颇有"苏武牧羊"的悲哀。因为这个原因，父亲的心情一直不好，为一生兢兢业业未得认同而耿耿于怀。中年的时候，疾病缠身和力不从心更让父亲怨气冲天。

没有上大学是父亲的终生遗憾，他将大学梦寄托在了我的身上，而我高考落榜给了他击碎梦想的重创。落榜后，父亲没有责怪我太多，但我明显地感觉到了父亲的失落。有的时候，父亲试图宽慰我，鼓励我不要灰心丧气，复习一年再考。有的时候，父亲因为担忧我的倔强和顽劣会毁掉我的前途，对我一直挑剔不断。更多的时候，他担忧我敏感的性格和有主见的头脑会在他的强压下产生适得其反的效应而不敢对我说重话。高考落榜后，他不知道该如何"处置"我，但看到我沉默寡言，父亲压下了对我的失望，放松了对我的监督，希望给我一个宽松的环境，让我找到再出发的勇气。后来，我才明白父亲在以他知道的方式疼爱我，培养我的坚强和勇敢。他在严厉中倾注的是浓浓的父爱，可我因为幼稚偏执而误解和怨恨了父亲很多年。我只记住了父亲的责骂、留在我身上的皮带印痕和委屈，却没有想到其实父亲的心也会疼。

不管怎样，父亲的眼泪震撼了我，激发了我的责任感。我开始把父亲的梦想当成我的梦想来奋斗，因为女承父志责无旁贷。

(5)

我自幼把好好读书作为讨好父亲的方式。父亲常说我们家无权无势无钱，只有把书读好才会有改变命运的机会，而考上大学是离开安西的唯一出路。父亲爱看书，把学习看得很重，常鼓励我们通过读书长见识。父亲说读书是强大自己的第一步，只有好好读书才能做一个对社会有用的人。也许是受父亲的影响，我从小就喜欢看书，见书就读，糊里糊涂地读了不少的书。我尤其喜欢看小说、历史、名人传记、古典文学和中医书籍。妈妈说我在看书的时候最安静，才像个女孩子。小时候，因为想讨父亲的欢心，我对读书很上心，在学校的成绩一直很好。为了培养我们姐妹三人的个人兴趣，父亲每月会给我们2元零花钱。对于一个父亲遭批斗停薪，仅能用母亲每月45元的工资养育全家五口人的家庭来说，2元钱是很慷慨的，它可以买到10本小人书或50颗水果糖。父亲知道我喜欢吃甜食和收藏小人书，在发零花钱的时候会特别提醒我不要把钱都送进了嘴巴。只要是读书的事，父亲通常会优待我。即使抓住我在熄灯后打着手电筒在被子里看书，他也不会因我浪费电池而责罚我。在家里最困难的时候，父亲也会为我们订阅报纸和杂志作课外读物。家里的情况稍稍好一点的时候，我们姐妹三人都能订阅自己喜欢的杂志。每次听到父亲说我们如果落榜，将需要对自己的未来负责的时候，我都会心惊肉跳，加倍地努力。现在回想起来，我爱读书的习惯是父亲精心培养的结果，所以圆父亲的大学梦是我这个女儿的责任。

因为高考落榜，我的读书经历很坎坷。但父亲的严厉成就了我敢冲敢闯的性格，让我擅于在逆境中自救。我曾经想通过自学缩短我和大学生的距离，到敦煌不久，我就报名参加了国家组织的自学考试，成了中国第一批通过高等教育自学考试但没有学位的大学生。在那个年代，敦煌研究院非常缺少大学生，可是我的这个学历没有被敦煌研究院认可，因为我是"杂牌军"。不管我如何努力，我都不会有和统招大学生等同的机会。在敦煌挣扎了15年后，我终于得到了接受正规的大学教育的机会，但到美国留学从本科读起让我没有信心。一个30多岁的人和小孩子们一起读书的画面让我胆战心惊，但是现实的煎熬给了我出行的勇气。我很骄傲自己的决定，因为我用了10年的时间得到了美国史密斯学院的学士和硕士学位，以及美国西北大学的博士学位。我很自豪能向父亲递上一份优秀的成绩单，没有辜负他的期望，超额完成了他的大学梦，成了家族中唯一的博士。可是，天上的父亲能看到我的努力吗，会以我为荣吗？

和父亲分享成功，是我表达歉意的一种方式。因为我为多年来对父爱的误解和让父亲失望而内疚，用自己的努力和成绩赢得父亲的原谅变得极为急迫。父亲的时代已经一去不复返了，即使他活着也不会有机会圆梦。可是年轻的我可以女承父志，替父亲圆梦。为了父亲，我甩掉了高考落榜生的帽子，成为一个中国艺术史专家。我把博士学位论文献给了父亲，把父亲的姓氏作为公司的标志，为的是让父亲的精神渗透到我的生活和工作的每一个角落。可是，我无法弥补我对父亲的愧疚。随着年龄的增长，我理解了父亲对我的特别关爱和期待，已不再怨恨父亲对我的行峻言厉。我对自己当年的固执感到惭愧，没有在父亲活着的时候向他告知我对他的敬重。只有中专学历的父亲有着博士的缜密和智慧，却被命运作弄，一辈子忍辱负重。我想告诉父亲我从来没有真正地恨过他。我想让父亲知道我很愿意和他好好说话，不是有意疏远他，拿到美国名校的三个学位为的是能用行动对他说一声"对不起"。我希望父亲能因为我而扬眉吐气，不再羡慕他的侄女拿到了硕士学位。我不该错怪父亲多年，让他带着遗憾离世。

每每想到父亲的委屈和默默离世，我都会泪流满面。我后悔在国内的时候没有对父亲多一点关心和耐心，没有好好地和他沟通。我后悔到美国后的吝啬和自私，没有考虑过父母的感情需求。现在只要我回想起父母在接到我每个星期报平安的电话时的兴奋和紧张的样子，我都会自责。因为20世纪90年代的国际长途电话费很贵，我很少和父亲长谈。每次话没有说几句，父亲就催母亲挂电话，说太贵了，会让我破费。后来条件好了，我忙着读书和打工，同样忽视了同父母的交流，认为取得最高学位是给父母的最好礼物。当我博士毕业，创业有结果，有时间陪伴他们的时候，父母都走了，没有给我留下任何弥补的机会。有的时候，我在想，我没有资格做博士，因为把拿学位放在陪伴父母之上太蠢，以致终生遗憾。我常常自问，如果父母没有活着看到我拿到博士学位，我的坚持值得吗？我终于明白了那句话的意思：人在拥有的时候不会珍惜，只有在错过后才会后悔。我后悔在父亲活着的时候没有好好地听他说话、陪他聊天，在他走的时候没有送他一程。我不敢请求父亲原谅，但我希望父亲看到我的悔意。

回首过往，我终于明白父亲在以他知道的方式疼爱我，可谓用心良苦。他的严厉是希望我有不屈不挠的性格，他的不挽留是因为想教会我在现实生活中的被拒绝。他的不迁就是为了激励我挑战命运，做更好的自己。我已经长大了，不再需要父亲告诉我对和错，可我感激父亲对我的历练，让我活得自爱自强。不管父亲的初衷是否如此，我都相信父亲始终是爱我这个女儿的。尽管我依旧不能忘却父亲对我的伤害，我已经原谅了他的独断专行和傲慢。其实，我的性格中有太多父亲的影子，因为我一辈子都在学习父亲的清高、傲骨和坚毅。无论我在哪里，处在人生中的哪个阶段，我都会为了父亲的荣誉坚持到底。虽然父亲不再和我争执，不再指责我的不是，更不会再用皮带体罚我，但我希望父亲能收到我的道歉，不再对我摇头叹息，能来我的梦中继续我们父女的对话。

母亲

我很想念母亲,想得心痛。我想念她的宽容、坚强和淡定。母亲去世后的20年是我最孤独的日子。

母亲很传统,一辈子都是夫唱妇随。丈夫和三个女儿是她的全部。在家里,父亲很强势,是一家之主,而母亲的意见只供参考。在我的印象中,在霸道的父亲面前,母亲的选择只有服从和执行。母亲很有耐心,从来不会因父亲的独断专行和脾气不好而失态,一般不会反驳父亲的意见。在父亲高谈阔论时,母亲会认真地听,但从来不发表意见。她会以淡淡的微笑和浅浅的点头表示同意,用轻轻的摇头或不言声表示不赞成。父亲不在家的时候,母亲似乎轻松很多,少了许多的拘束,在讲话的时候时常会发出朗朗的笑声。和严肃的父亲相反,母亲很喜欢笑,而且笑起来很甜美,嘴边的小酒窝会因为笑而牵动深浅。母亲不喜欢串门，不和邻居聊天，只是悄无声息地做家务和照顾家人。母亲对国际要闻没有兴趣，只在意她的家，时刻想着三个女儿的冷暖。母亲性情平和，即使自己的心情不好，也不会拿孩子们撒气。晚饭后，她总是坐在饭桌旁做针线活或织毛衣，微笑地倾听三个女儿眉飞色舞地讲当天在学校发生的事情，不时会和我们一起开心大笑。除了饭烧得不够好外，母亲是世界上最贤良的母亲。

（1）

母亲生性腼腆，话不多，但字字见血。在最困难的时候，母亲嘱咐我们"只要能活下去，就有希望"。

在这一点上，母亲是最好的榜样。

"文化大革命"期间，父亲被批斗，政府停发了他的工资，全家靠母亲每月45元的工资过活，日子过得很清苦。母亲的工资只够买食品和支付三个女儿的学费及书本费。为了让三个女儿在过年的时候有新衣服穿，母亲会在年初就开始节衣缩食地准备过年的新衣服。家中没有钱买煤炭取暖，在最冷的时候，母亲会把玻璃瓶灌上开水给我们取暖。我记得小妹妹的手上和脚上都是冻疮，母亲一边轻轻地搓她的小手，把她的小脚放在怀里暖着，一边掉眼泪。为了给三个女儿添新衣，学生出身的母亲学会了自力更生。为了三个女儿能穿得干干净净地站在人前，母亲学会了剪裁缝制衣物、编织毛衣和做鞋子。吃米长大的母亲学会了和面做馒头，可惜因为烧饭的天分不高，母亲做的面条常常是烂在锅里，不成形。

　　母亲说穷人家的孩子早当家。家里的条件不好，我们应该学会做事和分担责任。在姐姐10岁我9岁的时候，母亲为我们准备了小铁桶和夹子，要我们像其他的孩子一样去县炼铁厂的废渣堆中捡没有烧透的煤渣补贴家里。当年，捡煤渣的孩子非常多，为了抢刚倒出来的烫手煤渣，我和姐姐的手经常被烫伤。母亲看到后很心疼，帮我们涂上药膏，但没有说我们可以不去捡煤渣了。因为捡煤渣需要抢堆划地盘，和男孩子们打架是常有的事。家里没有男孩，姐姐太文静，妹妹太小，抢地盘的任务自然就落到了我的身上。为了抢堆，我的手臂和脸上经常有被抓伤的痕迹。因为怕母亲难过，我撒谎说是爬树剐伤的。后来母亲告诉我，她知道我是为抢堆打架受伤的，她很心疼，她没有戳穿我的谎言是因为家里很需要我们捡的煤渣过冬。为了帮母亲把日子过得好一点，我和姐姐上树砍过干树枝拖回家做烧火柴，到戈壁滩挖过甘草卖钱，拓过土坯，打过煤砖，到离家很远的水井挑过水。家里挑水的工作通常是我的，因为我的个子最高，力气最大。其实，在我刚开始挑水的时候，我略略高过扁担，只能踮着脚走路以防水桶着地。看到孩子们的辛苦和懂事，母亲很心疼，但从来没有讲出来。母亲说，从小懂得生活的艰辛对成长有好处，因为人一辈子会遇到很多艰难的坎，学会在逆境中坚持很重要。母亲刻意地培养了我们不怕吃苦，在艰难中求生存的性格。因为有了少年吃苦的磨炼，我们姐妹三人都养成了不怕动手、不怕吃苦的好习惯。后来我和姐姐在美国读书期间需要靠打工养活自己也不觉得辛苦。母亲从来没有公开溺爱过我们姐妹三人，只是在我们的身边默默地教会我们面对艰难。

母亲的细心和体贴帮我渡过难关。母亲从来不会大声地责骂任何一个女儿，总是轻声细语地说服。我们姐妹三人和母亲很亲近，几乎是无话不谈，每个人都有和母亲说悄悄话的机会。母亲很留意女儿们的心情，总是在女儿需要的时候送上温暖。母亲会根据每个女儿的性格特点，在我们最需要帮助和鼓励的时候给予指点和呵护。因为了解我的敏感多思和反叛性格，母亲对我的呵护尤其细心。小时候，因为我的好动经常给父母招惹麻烦，母亲时常需要为我开脱过错以免除父亲的责罚。每当有家长上门告状，父亲用皮带教训我的时候，少言寡语的母亲会默默地陪在我身边，然后把挨打后的我轻轻地拥入怀里以示安慰。当父亲下手重的时候，母亲会像母鸡护小鸡一样扑在我的身上帮我承受父亲的皮带。

但是母亲不会护短。记得有一次因为和邻居男孩打架输了，不服气的我爬到他家的房顶用干草把他家的烟囱堵了起来，让这家人在烧晚饭的时候备受烟熏，狼狈不堪。当我坐在自家的房顶看笑话的时候，母亲发现了我的恶作剧，把我交给了父亲惩罚，然后带着我到邻居家道歉。

成年后，在我情绪低落的时候，母亲会搂着我的肩膀，拉着我的手，陪我聊天，听我诉苦。我在敦煌15年，母亲只在我家住过15天。是父亲派母亲到敦煌陪我，因为他们发现我在结婚后情绪不好，沉默寡言，说话走神，怕我出事。母亲在敦煌的时候除了帮我做家务，照顾孩子，特意花很多的时间陪我说话。看到我的挣扎和不快，母亲说："遇到难事的时候不要和自己过不去，想开一点，因为活着已经很难。不开心的时候跟着自己的心走，不必在乎他人的说道。"看我依旧低着头不言语，母亲扳过我的肩膀，用手托起我的下巴，看着我的眼睛，轻轻地说，"婚姻是一本烂账，对错不重要。只要想清楚自己想要什么就勇敢地去做，妈妈会支持你"。听到母亲的话，我的眼泪夺眶而出，倒在母亲的怀里抽泣。婚姻的不顺心让我有苦难言，母亲的陪伴让我心里好受了很多。母亲的手很粗糙但很温暖。我尤其享受把头靠在母亲肩膀上流泪的感觉。

　　母亲的宽容教会我体谅他人。母亲是一个传统的好女人，脾气很好，做人很细心，从来不把外面的烦恼带回家里。母亲的一辈子过得很辛苦，但即使心里委屈，也会一声不响地承受着，不向旁人抱怨。在父亲被下放的时候，母亲默默地承担起了教育子女和养家的担子，把所有的苦和委屈都扛了下来。因为父亲的问题，母亲在单位里常常遭受排挤和调侃，可是她从来不在孩子面前挤对作弄她的人。母亲说别人也有难言的苦衷。年轻的时候，父亲的脾气不好，母亲只能忍气吞声地过日子，受了很多的委屈，可母亲总能找到理由为父亲的霸道找借口。母亲说，心气高的父亲在单位受了委屈，心情不好，我们不要在意他的坏脾气。小时候，我抱怨母亲活得太窝囊，看不惯父亲的霸道和母亲的逆来顺受，时常和父亲作对以帮母亲出气。在我自己做了母亲之后，我才明白正是母亲的宽容保证了我们这个家在动荡年代中的完整。直到今日，我仍然被母亲的无私感动着，激励着。我常常自问，是什么样的女人会有如此的胸怀，可以如此默默无闻地把自己的全部奉献给丈夫和家庭，而从不计较他人对自己的不善。我很敬佩母亲对家庭的忠诚和做人的坚贞。

（2）

　　母亲的戒指是父亲送给她的唯一的一件值钱的礼物。和出身贫寒的父亲不同，母亲出生在江苏宜兴的一个小康之家，家境殷实，有地、有仆人、用长工，生活得很舒适。作为家中最小的女儿，母亲曾是她父母的掌上明珠，是一个哥哥和两个姐姐呵护的小妹。土地改革彻底地改变了母亲一家人的社会地位和生活质量，家产被政府没收，母亲一夜间变成了受人鄙视的"地主狗崽子"。为了寻找一份清净和获得重新开始的机会，母亲在气象学校毕业后自愿到西北工作。为了生存，她平静地转换了从大小姐到"地主狗崽子"，再到支边青年的身份。面对命运的不公和现实的残酷，母亲保持着淡定。在母亲的眼里，人生中的大起大落是命运的安排，不能抗拒只能适应。在甘肃省的安西县，母亲遇见了父亲。关于父母的爱情故事，我知道得很少，也不敢妄加猜测，只知道结局是一对孤苦伶仃的南国青年同病相怜地组成了一个家庭。小时候我只觉得母亲很漂亮、很时尚，眼光很好，和当地人不一样，但在其他方面并没有觉得她和别的母亲有所不同。

　　母亲对物质享受要求很少，但她对美丽的向往是显而易见的。改革开放后，不知从哪里刮来了一阵流行金戒指的风。突然间，大家像疯了一样购买金戒指。一天，一向节俭的父亲突然宣布也要给我们母女四人每人买一枚金戒指。戒指买来了，父亲把戒指分给大家，自己则笑眯眯地坐在沙发上看我们母女四人试戴比较。母亲的这枚戒指是大众货，一个没有任何装饰的扁圈。它尾部开口，大小可按主人的手指粗细随意调整。记得在接过父亲送给她的戒指后，母亲很开心。刚开始的时候，母亲舍不得戴，只是偶尔拿出来看看，然后收起来。后来，在三个女儿的坚持下，才戴了起来。我非常喜欢母亲审视戒指的样子，歪着头，嘴角上翘，眼睛眯成了一条线。

后来我才知道，父母买戒指为的是让已成年的女儿们在别的女孩子炫耀金戒指的时候不感到自卑。因为家里穷，能买四枚金戒指是不可思议的事。为了买戒指，父母几乎用光了他们的积蓄，在买戒指后又开始节衣缩食来填补亏空。听姐姐和妹妹说，父母独自的晚饭通常是两个素菜或自制的咸菜，很少见荤，所以她们会把单位分的福利拿给父母享用。只有在我们姐妹们回家的时候，父母才会认真烧饭吃饭，把家中所有的好东西全部拿出来给孩子们吃。可母亲说，钱是身外之物，有最好，没有也能过得去，因为生存不需要奢侈。她的知足常乐一直感染着我，她用行动教会了我们做人要知足，不可自私，更不能贪婪。

因为心疼母亲的俭朴，我在工作后一直坚持每年给母亲添置时尚的衣服以弥补往日全家对母亲的亏欠。在美国留学期间，尽管赚钱很辛苦，手头不宽裕，看到母亲喜欢的衣服款式和颜色，我都会买下来送给母亲，因为我喜欢看母亲开心的样子。

直到今日，我仍然相信，买戒指是父母一生中唯一一次买奢侈品。每次看到母亲的戒指，我都会想到她的榜样作用。母亲去世后，姐姐和妹妹问我想留什么物件做纪念的时候，我提出了想要母亲的戒指。她们没有异议，把母亲的戒指送给了我。在母亲去世后的20年里，这枚戒指一直陪伴着我。每次看到这枚戒指，我都会想到母亲淡定的微笑。在我被生活和学业压得喘不过气的时候，我会想起母亲的豁达。

（3）

母亲用一生呵护丈夫和孩子，唯独忘记照顾好自己。除了血压有点高外，母亲为人乐观，处世平和，没有心机，过得轻松，可母亲最后还是倒在了重压下，死于脑出血。因为父亲的身体不好，脾气暴躁，母亲需要忍让，每天过得诚惶诚恐。离得近的女儿虽很贴心，但不能事无巨细地守在她的身边帮忙，因为她们有自己的工作和家庭。在美国读书的女儿太远，远水解不了近渴，母亲不忍心拖累，不敢抱怨。没有诉苦的对象，没有人能伸手帮忙，满腹委屈的母亲只能自己扛起所有的压力，默默地承受直到突然倒下，再也没有醒来。母亲走得很干净，如同她爱干净的性格一样不肯留下麻烦。

听到噩耗的时候已是母亲安葬之后，我失去了为母亲床前尽孝和最后送行的机会。母亲的突然去世如晴天霹雳打败了我的自信，摧毁了我求学的动力，挑战了我继续生存的勇气，几乎把我送上不归路。我不知道今后没有了母亲的路该怎么走。母亲去世后的两周，我像鬼一样地徘徊在怨恨和自责之间，恨自己没有为母亲尽心。我一直怨恨父亲和姐妹对我的隐瞒，怨恨他们不理解一个流落异国他乡的学子的脆弱和我对母亲的依赖。直到姐姐和妹妹把母的戒指交到了我的手中，我的失魂落魄才开始好转。

当辛苦了一辈子的母亲倒下之后，我才意识到自己的疏忽大意。我一直不肯原谅自己在母亲生活中的缺席，做了一个自以为是的女儿。我后悔没有努力得再快一点，让母亲享到我的福。我们姐妹三人都很孝顺，和母亲很亲近，都想为母亲分担压力，想让母亲过得好、活得长寿。可是，我们姐妹三人在成家立业后都把注意力放在了生病的父亲身上而忽视了负重的母亲。我是姐妹三人中做得最不好的一个，因为我长年在外，没有好好守护她。自少年离家，青年出国留学，壮年居住美国，我长年奔波劳碌，回家陪母亲的时间很少。除了自以为是地揣测母亲的心意，我没有为母亲做一件真正有意义的事。当我努力积蓄力量和财富，想孝顺母亲的时候，她却倒下了。即使我在美国过得很好，但不能和母亲分享我的荣誉和财富，我的努力也就没有了意义，我惭愧自己做人的不周。

母亲的匆匆离去敲痛了我的灵魂，因为我没有兑现对母亲的承诺。我承诺等我有钱了一定让母亲过好日子，让她不再为钱烦恼。我承诺等我忙完学业后，一定好好陪陪母亲，让她不用再看着电话等待铃响。我承诺在获得博士学位的时候请母亲坐飞机到美国参加我的学位授予仪式，让她看看外面的世界。我承诺要带母亲吃到来自各国的美食而不必担心花钱。可是，在我可以兑现承诺的时候，母亲已经走了很多年，没有留下让我尽孝的机会。获得博士学位的时候，我首先想到了母亲。我盼望这个学位能把自豪镶在母亲的脸上，让她不会因为生了三个女儿而内疚，因为她的女儿像男儿一样优秀，一样为母争光。想母亲的时候，我会戴上母亲的戒指，去感受她的体温,去聆听她柔美的江南小调。母亲的戒指让我在感情上有了依靠,希望母亲能原谅我的迟到。

(4)

因为了解母亲的好强,在她走后,我不敢萎靡不振,不敢放弃努力,害怕对不起母亲。我把悲哀锁在了心底,扛起家庭的使命和父母的梦想继续往前走。只有戴上母亲的戒指,我才能看清我的下一个目标。跌倒的时候,我仿佛听到母亲在告诉我不要放弃,要坚持。孤独的时候,我会把母亲的戒指拿出来握在手心把玩或放在书桌上,好像母亲在陪伴我夜读。心情不好的时候,我会戴上母亲的戒指去散步,滔滔不绝地向母亲诉苦。母亲的戒指让我在孤独中有了依托,在跌倒后有勇气爬起来。我很高兴,母亲的戒指见证了我的成功。

母亲的戒指代表父母参与了我的博士学位授予仪式。如果没有这枚戒指,博士毕业日会是我终生难过的日子,除了丈夫太史文和女儿阳阳外,没有其他家人参加我的毕业典礼。尽管学校请到了伊利诺伊州当时最年轻的奥巴马议员——后来的奥巴马总统做嘉宾演讲,我也高兴不起来。我不明白加州的姐姐,我在美国的亲人,为何不到埃文斯顿代表父母见证我的成功。上台之前,我抚摸着母亲的戒指,和母亲一起等待属于我的那一刻。在毕业生的家人为他们的骄子鼓掌喝彩的时候,我独自一人带着母亲的祝福走上讲台,从研究生院院长的手里接过我的博士学位证书。把学位证书紧紧地贴在胸前，我的眼泪在长流，脑中一片空白。我根本没有在听院长在讲什么，只是轻轻地在心里和母亲对话：

"妈妈，看到了吗？我毕业了，您的女儿是博士了！"

获得博士学位是我奋斗10年后的重要成果，是母亲的陪伴支持我走到了终点。母亲的戒指将继续陪伴我的人生。想母亲的时候，我仍旧会戴上它去感受母亲的体温。情绪低落的时候，我会戴着母亲的戒指去散步，向母亲倾诉烦恼和委屈。作为母亲的女儿，我会传承母亲的善良、勤劳和宽容。我会兑现我对母亲的承诺，在有生之年为我的姐妹挡风遮雨。我会继续追寻母亲对生命的执着和对生活的热爱，把最好的自己献给社会。母亲，我不会让您失望。

落榜生

(1)

我是1979届的高考落榜生，赶上了高考，却以两分之差失去了进大学的机会。实际上，自从1977年年底恢复高考以来，高考成为"全民运动"，可真正能考上大学的人是极少数。据教育部的统计，1977年有570万考生报考，27万人录取，录取率是4.7%；1978年有610万人报考，40.2万人录取，录取率是6.6%。在我报考的1979年，有468.5万人报考，28.4万人录取，录取率是6.1%。能在那个年代考上大学的是令人羡慕的骄子，而我却属于没有考上大学的93.9%。落榜后的我自卑极了，因为在我看来，高考落榜意味着我从此要低着头走路，落榜的同义词是无才，让我丢掉了做人的面子。

我曾经是文科班的尖子生，被老师和父母看好，榜上无名让我举步艰难。因为县城小、人口稀疏，城里的人都认识彼此。我的艰难是从高考成绩公布的那一天开始的。开榜后的三个星期，满城都在议论谁家的孩子考上了，考取了什么大学；谁家的孩子落榜了，到了哪个单位工作。家长们的唏嘘声让落榜生无地自容。落榜后，母亲父亲没有责怪我，姐妹也不敢多言，但我感到内疚，觉得很对不起父母。一向骄傲的父亲也开始躲避老友和同事的问候，母亲更加沉默寡言。我每天躲在家里不敢见人，不敢主动和父亲说话，尤其不敢正视母亲的眼睛，因为母亲在下班后通宵达旦地帮我抄写参考书的背影让我羞愧。因为害怕再次落榜，我拒绝了父母要我回上海复读重考的建议，借口是不喜欢寄人篱下的生活。看到我的态度坚决，父母没有勉强我。

我一直不肯原谅自己的失败。落榜压得我喘不过气来，眼前是一片黑暗，日子很不好过。我为自己的自负羞愧，因为我曾经向父母夸口会考取一所重点大学。白天，我不敢出门，害怕面对老师的问询和家长的同情。即使出门，我也是低着头快快地走路，尽量避开熟人。晚上，我躺在床上看着天花板睡不着觉，考虑今后的路该怎么走。我想起父亲关于做人要有骨气的说教，为自己的"苟且偷生"羞愧。小时候，我不理解父亲的意思，也没有想太多。直到高考落榜后，我才真正懂得低头做人的屈辱。在戈壁小城安西，考上大学是脱离贫穷的唯一出路，是一个年轻的生命能茁壮成长的起点，可我毁掉了自己的机会，我不知道今后的路在哪里。

父亲说，高考落榜的后果是自己对未来负责。我在就业时的四处碰壁中真切地体会了败者为寇的悲哀。

因为父母没有人脉和关系,我找工作很不顺利。无权无势的父母解决不了我的就业问题,而且倔强的父亲不容许我们低声下气地求人,所以我的就业只能听天由命。比我大一岁的姐姐运气很好,在高中毕业后赶上家中老大留城不下乡的政策,被分配到了中国银行当干部。而我这个家中的老二不符合留城就业的条件,只能自谋出路。按照政策,高考落榜生是可以通过招干考试进入事业单位,得到"铁饭碗"的。可是因为人多岗位少,职位竞争非常激烈。刚开始的时候,我自信可以凭自己的能力招干,因为我的条件符合许多单位的用人要求。在中学读书的时候,我是学校的文艺骨干——学校的电台播音员、校宣传队的报幕员,原以为报考县文工团可能有戏,可是我高估了自己。我的数学和语文不错,通过了银行和税务局的招干笔试,可最终还是落选了。我尝试过从军报国,但因为女兵的名额有限,无人理睬我。后来,进公安系统当警察的机会也和我擦肩而过,因为我的根子不够红。我也不能像同学一样顶替父母进工厂当工人,因为我的父母是机关干部,他们正值风华正茂,没有子女顶替工作岗位一说。为了能顺利进入事业单位,我表态愿意去基层工作,而且是工种不限。原以为我的放宽择业要求可以让我如愿,可是事与愿违,我到处吃闭门羹。不管如何努力,我变成了一个待而无业的废人。就业失败更让我自卑。我对被一些自以为是的领导或干部装模作样地面试后扫地出门的屈辱尤为恼火。既然读书无门已是事实,就业无路也是注定的事实,我只能听天由命。对我来说,高考落榜摧毁了我以往的自信,就业无望挑战了我对未来的信心。

落榜的事实教会我甄别人心的纯良。我不能原谅这个生我养我的地方对我的刻薄和拒绝。我讨厌甘肃安西的保守和排外风气，更对自己的人微言轻感到沮丧。我责怪过父母的无权无势，埋怨过母亲的不善言辞，尽管我知道发生的一切不是父母的过错。我感到寒心，因为来自南国的父母在安西工作和生活了一辈子之后，这个城市却不能给他们的孩子提供一个平等的就业机会。我从心底厌恶这种不公平。小时候，因为母亲的出身不好和父亲的"右派"身份，我们全家习惯了夹着尾巴做人，接受了被社会各界歧视的事实。"文革"之后的拨乱反正并没有改变这个小城人对外地人的歧视，我这个支边青年的后代在当地没有工作机会。找工作的四处碰壁让我心灰意冷，看懂了人情、金钱和权力的力量。可我知道，我不能被拒绝打垮，因为我不能让父母为我担忧，我常常用越王勾践卧薪尝胆的故事鼓励自己坚强。尽管我没有勾践灭吴的大志，但我发誓一定要洗刷今日之辱。

（2）

落榜后经历的不公平待遇逼我放弃在当地就业。尽管在当地人的眼里，在县城的事业单位就职远比招干到外地有面子，只有没路子的人才会到外地工作。也许是老天垂怜，让我在落榜后的第三个月考取了敦煌文物研究所（后来改名敦煌研究院）的业务干部。我拿到了事业单位的"铁饭碗"，暂时解除了我的待业危机，为父母稍稍扳回了一点面子。但我很惶恐，因为我对敦煌一无所知。可是我不能挑剔这个唯一肯录取我的招干机会。珍惜这个机会的来之不易，我毫不犹豫地去了敦煌，因为我在敦煌文物研究所的标新立异的招干标准中看到了希望——不问出身，不问家中的排行。尽管父母不赞成我到敦煌工作，希望我能等待当地就业的机会，我仍旧坚持要走，他们只能放行。我厌倦了被拒绝和被蔑视，我把到敦煌做石窟讲解员看作老天向我抛出的橄榄枝，因为我相信一个研究机构一定不会辜负肯努力的人。我相信，只要我在同辈中拔尖，应该有机会在敦煌站起来。

去敦煌工作给了我"东山再起"的机会，但我并没有摆脱落榜生的阴影。在敦煌工作了15年后，我依旧为没有学历而悲哀，因为学历是往上走的条件。

落榜后的自卑改变了我的性格，让我变得自闭。因为受挤压的时间太长，经历的磨难太多，到敦煌后，我要求自己洁身自爱，不管闲事，不招惹是非，不对他人掏心，过得很自我。因为不主动和躲避的生活态度，我和以前要好的中学同学们都失去了联系。我在敦煌的15年是记忆空白的15年，因为我的生活中没有故人的痕迹。我不知道故人在哪里，在干什么，不愿承认我对故人的思念。可是，偶然听到一点旧闻却会让我心跳。

听到老班长潘兆清意外身亡的消息时，我伤心了很久，因为兆清是我很在乎的一个中学同学。我为他的英年早逝流泪，有点自责自己的不闻不问。兆清来自农村，人长得高大体面，为人厚道，讲话腼腆，笑的时候有两个可爱的酒窝。他书读得很好，待人也好，在读高中的时候对我一向关照。记得当年的中学很重视劳动表现，分配给每个学生很重的劳动指标。因为是以组为单位，农村的同学在拓土坯的时候都会拒绝接受城市的同学为组员，以免被拖后腿而多干活。我是城里的孩子，年纪小，长得瘦小，不会做农活，被挑剩是常有的事，很尴尬。每次都是兆清班长为我解围，把我放在他的小组，分配给我力所能及的活计，而他却一声不响地承担了我的工作量，从来没有责怪过我的"寄生"。当别人取笑我是负担的时候，他会笑眯眯地叫我不要在意。高考的时候，兆清考上了一个农机学校，毕业后分配到县城工作。知道兆清摆脱了农村户口，变成了城里人的时候，我为他高兴，因为在那个年头，拿到城市户口是农村孩子的第一心愿。中学毕业后，我和大家断了联系，既不知道兆清的工作单位，也没有送上我的祝福。兆清班长的匆匆离去让我感到生命的脆弱，不敢再为自己的偏执找借口。我为风华正茂的兆清惋惜，自责自己的疏忽，失去了感谢他的机会。我承认我今日的疏离不是因为我离家太早，走得太远，而是我的有意回避使然。我在乎同学情谊，却固执地把这份思念压在了心底，装出一副不在乎的样子，让自己变成了局外人。

  我落榜后的不主动酿造了40年的失落。高中毕业至今已经40年了，我从来没有接到过同学聚会的邀请。我一直很在意这个"被拒绝"。我曾经渴望能参加高中毕业40周年同学聚会，可是没有人想起我，让我伤心。我承认自己对造成这种局面负有责任，但我心里依旧因同学们把我排除在外而心寒。我羡慕姐姐和妹妹在观看同学聚会照片时的开怀大笑和滔滔不绝。看到垂头丧气的我，姐姐和妹妹安慰说，同学聚会都是临时组织的，外地的同学一般不参加，住在国外的同学不参加聚会是正常的，所以我不必在意。有的时候，姐姐和妹妹会把她们的同学照片拿给我看，帮我回忆我们交叉熟悉的人和事，可谓用心良苦。2018年，体贴的妹妹在来美国探亲之前，通过她同学的哥哥，也就是我的同学魏军贤，找到了一部分我当年所在的年级在10年前举办的高中毕业30周年同学聚会的照片和同学通信录。看着一张张似曾相识的面孔，我为想不起他们的名字内疚。看到十几位同学名字上的黑框，我惶恐今年的高中毕业40周年同学聚会是不是会有更多的名字被加上黑框。我遗憾年级的合照中没有我，班级的照片中也没有我，同学的谈话中也不曾提到我。被年级抛弃、被班级忘却是一件伤感的事，可我有错在先，只能承受一辈子见不到这些同学的痛苦。我遗憾没有亲耳听到同学们的故事，不能和他们一起为自己当年的幼稚开怀大笑。等心绪平静，我想，我应该放弃这份纠结，衷心地祝福远方的同学和好友安康。

高考落榜是我无法痊愈的心病。年轻的时候，因为自卑，我钻了牛角尖，采取了闭关自守来维护自尊。壮年的时候，我全心全意地工作和读书，不愿谴责自己的麻木和放弃。在进入不惑之年后，我虽然发现自己的孤独，可假装坚强，不肯把自己的思念说出来。把故人拒之门外给了我暂时的清净，可内心的煎熬和思念榨干了我的充实。我不敢要求光阴倒流，给我机会和兆清班长告别；不敢要求老同学记住我，给我聆听他们的故事的机会；不敢请求好友的原谅，因为错过了的情缘已经远去。我不想原地等待故人的回头和目光，只能对着他们的背影说声对不起。

我感慨落榜后的心理历程为的是能放下过去。我希望对已经错过的人和事放手，不想让自己终身受累。我也不想再追究自己的责任，因为40年的量刑已经很重。我更不想揭开愈合的伤疤让自己再痛一次，因为40年的煎熬已经很残酷。尽管品尝落榜后的酸甜苦辣是我的悲哀，但得到在美国大学重新塑造自己的机会和成熟情感的历练是我人生中的大幸。在某种意义上，高考落榜是命运对我的历练，给了我改写人生的机会。因为高考落榜，我少年离家到敦煌工作，在而立之年到美国留学，实现了自己在美国创业和定居的梦想。我不再怨恨高考落榜，因为这个经历给了我重新出发、证明自己的机会。尽管这份运气让我等待了15年，我依然感恩命运对我的安排。

成长在敦煌（1980—1995）

讲解员

（1）

孟子说："故天将降大任于是人也，必先苦其心志，劳其筋骨，饿其体肤，空乏其身，行拂乱其所为，所以动心忍性，曾益其所不能。"我相信自己是孟子口中的那个需要很多历练的人。

到敦煌石窟做讲解员是我高中毕业后的第一份工作。得到这份工作解除了我的就业危机，让我有机会重新开始。我很珍惜这份工作，但我没有想到会在敦煌做15年的讲解员，把最好的年华留在这个岗位上。这也许是我和敦煌的缘分吧。

在敦煌的15年是我饱受磨炼的15年。在那里，我从一个不谙人事的中学生蜕变成一个独立的职业女性，经历了各种各样的人生考验。去敦煌之前，因为有父母的庇护，我单纯、热情，不懂人间冷暖，做事幼稚可笑，没有责任感。到敦煌后，没有了依靠，我学会照顾自己，面对挫折、梦想和未来不断挑战自己。尽管从在敦煌就业到留学美国，我用了15年才找到了自己的出发点，但我不后悔我在敦煌受到的锻炼。因为选择了敦煌，我才得到了留学美国的机会。因为敦煌艺术的熏陶，我踏上了学习艺术、研究艺术的事业之路。也是因为敦煌，我在博士毕业后选择定居美国，实现创业梦想。因为在敦煌品尝了人世间的酸甜苦辣和人性的五光十色，我在挫折中变得成熟，不再优柔寡断，不再忍辱负重和卑微。敦煌研究院的培养使我有了事业基础，讲解员的工作激励了我的进取精神，我很感谢敦煌给我的机会。

讲解员的工作让我体验了人生中许多的第一次。每个第一次都标志着我的成长。在去敦煌的路上，我遇见了我的初恋。在敦煌，我第一次见到外国人，第一次接触中国佛教石窟美术，第一次到北京第二外国语学院这样的专业院校学习英文，第一次担任国际敦煌学研讨会的英文翻译，第一次遇见了能改变我命运的贵人，第一次走出国门到美国留学。因为做了讲解员，我喜欢上了中国佛教艺术，愿意以研究中国艺术为终身专业。说到底，敦煌是我成长的摇篮，敦煌佛教艺术是我事业的基础。

讲解员的工作教会我坚持不懈地进取。离开家之前，父亲对我有两个要求：一是做好自己的分内工作，事无巨细都要用心；二是脚踏实地做事，清清白白地做人，做到问心无愧。记住了父亲的话，15年间，我把做一名优秀的讲解员作为我的义务。为了提高自己的讲解水平，我很努力地钻研业务，把让来敦煌旅游和学习的客人满意而归作为我的努力方向。当我发现做一名好的讲解员需要的不仅仅是态度好，对来敦煌参观的客人友善，让客人有美好的"到此一游"的感觉的时候，我把自学作为提高自己专业水平的途径。可是，因为没有基础，我做不到把中国历史、佛教史、艺术史、音乐史、服装史和文学史贯穿在敦煌石窟艺术的讲解中，意识到了自己专业基础薄弱。为了能让游览敦煌的客人在我的讲解中感受到敦煌石窟艺术的博大精深，学会欣赏敦煌艺术，我认真地学习了中国历史、中国美术史和佛学知识。我希望能把学到的知识融会在讲解中，帮助客人站在一个鉴赏家的位置欣赏敦煌石窟艺术。通过多年的努力，我学会了根据客人的文化、知识和背景的不同调整讲解的难度和广度，让自己变成一个称职的敦煌艺术的传播者。可是，因为自己的知识的零散性，我不能实现让美术专业人员有发现瑰宝的惊喜，让业界前辈有后继有人的安慰的愿望，觉得很愧疚。为了做一名优秀的讲解员，我明白了知识的力量和读书的重要。

敦煌研究院对讲解员的专业训练激发了我对大学的向往。刚开始工作的时候，我没有意识到大学教育的重要，以为只要自己努力，做好讲解员的工作应该没有问题。可我很快就发现了自己的力不从心，因为不懂敦煌石窟艺术的博大精深和历史意义，我在讲解敦煌石窟艺术的时候有一点隔靴搔痒的感觉。问题太多，难点太复杂，我没有信心讲好敦煌石窟艺术，所以，我试图通过以勤补拙来弥补自己的专业缺陷。记得在工作后的最初几年，我在完成讲解任务后写下总结日志，梳理学到的新内容和不懂的问题。有空的时候,我会到资料室查询或请教研究院里的研究人员。可是,不久我就发现,这种学习方法费时费力,不能解决根本的问题,因为越来越多的高层次的接待让我越发意识到自己专业知识的欠缺。印象最深刻的是我在陪段文杰院长接待当时的新加坡总理李光耀时的心虚。因为没有接待国宾的经验,不熟悉美术和佛学的专业词汇,不自信自己的英文水平,我不敢承担段院长安排的讲解翻译任务。最吓人的是我没有接受过现场翻译的职业训练,可是,我不能拒绝接受院长的安排,只好硬着头皮上阵。在段院长的鼓励和配合之下,我勉强完成了那次讲解翻译任务,可是那种随时要晕倒的感觉时刻鞭策着我进步。我一点都不喜欢工作中的被动,开始认真考虑接受正规大学教育的问题。

我坚信学历是摆脱工作被动的钥匙。到敦煌后不久,我发现敦煌研究院是一个很看重学历的单位,很有一点学历等于能力的味道。在这个等级制度中,有大学文凭的研究人员排第一,有实权的行政管理人员排第二,石窟讲解员和其他的辅助部门缀尾。在最初的几年,讲解员是不是业务人员的讨论一直没有定论,伤到了我的自尊心,意识到高考落榜这个"魔鬼"还在骚扰我的生活。我对重学历轻能力的制度有点失望,但没有置疑这个制度的合理性,因为我是小人物,没有发言权。当我和同事们被业务部门的人员随意差遣或不被尊重的时候,我感到尴尬和愤怒。很明显,仅仅靠以勤补拙来缩小我和大学生的距离是痴人说梦,因为在那里学历是唯一可以证明自己价值的东西。更为遗憾的是,研究院不认可我这种通过自学考试取得的大学生文凭,让我有一种被欺骗的感觉。在众人的眼中，我是接待部的业务骨干、部门主管，承担过很多重要的石窟讲解和翻译任务，可是我无法改变自己没有学位的尴尬处境。在我的眼中，接受正规大学教育的诱惑远远超过了部门主管的待遇。

（2）

敦煌研究院的段文杰院长是第一个给我机会的人。因为段院长的赏识，研究院给了我多次到北京第二外国语学院进修英文和到大连外国语学院进修日文的机会。段院长给了我很多岗位历练和调整目标的机会，帮我脱去稚气，在岗位上成长，使我对前途有期望。我由衷地感谢段院长的启迪和精心栽培。现在我仍清楚地记得在1994年，我受命担任在敦煌举办的第一届国际敦煌学研讨会的英文翻译时，因闹情绪被段院长训斥的情景。看到我带着哭腔不敢接受这个翻译工作，段院长说："人最好的运气是机会。能把握机会的人才会有前途。"看到我低着头不搭腔，院长接着说："做每件事都有第一次，你不试怎么会知道你不行。我说你行，你就行，只要你努力去做，一定会干得很好。"院长还说，"即使出错也不用惊慌，因为犯错多了就会进步"。就这样，我这个只有两年英文修为的人担任了那次学术会议的英文翻译，算是有了一次见世面的机会。我忘不了在北京进修英文期间，段院长趁来京参加人民代表大会之时，冒着大雪到坐落在通县（现通州区）的北京第二外国语学院看望我的情形。看到我的嘴唇起皮，段院长从大衣口袋里掏出一包五香花生米放在桌上请我吃，嘱咐我多吃蔬菜和水果，注意身体,千万不要生病。段院长还说:"读书贵在持之以恒,功夫用足了,运气就来了,不要心急。"段院长的一席话感动了我很多年,让我把勤勉读书作为一项长久的工程来做。在经历了一系列评职称和定待遇的不如意之后,我下定决心要找到解决文凭问题的方法。因为在中国失去了上大学的机会,我决定到美国留学,从本科读起,彻底摆脱无学历的尴尬。

我在美国读博士的时候常常想起编辑部的梁尉英老师。在敦煌的时候,梁老师曾经给我补习过几个月的古代汉语,奠定了我完成研究生学业的基础。记得当年我想学习古代汉语但苦于没有老师的时候,我找到梁老师问他有没有可能辅导我。也许是我的真诚打动了梁老师,他一口答应给我上课。下班后,我会拿着王力编写的《古代汉语》到梁老师家补课。因为基础差,梁老师需要反复地给我讲古代汉语的语法结构,直到我听懂为止。有的时候,梁师母会留我吃饭。他们常说,我和其他的年轻人不一样,他们喜欢照顾我。就这样,梁老师给我上了3个月的古文课,直到敦煌研究院再次送我到北京进修英文才停止。现在,段院长已经仙逝,永远地睡在了敦煌的戈壁墓地,继续守护着敦煌。因为失联太久,我不知道梁老师和梁师母是否安好。我很后悔没有好好地对段院长、梁老师和师母说声谢谢,让他们知道我没有忘记他们的关照,没有辜负他们的期望,一直很努力。在每年的感恩节,我都会向中国方向合十致意,希望在天上的段院长和在人间的梁老师听到我的问候。

敦煌朋友的庇护让我得以全身而退。在接待部做讲解员的时候,因为部门里都是年轻人,竞争激烈,我常常有点招架不住。因为不喜欢办公室政治，不喜欢闲话，我对同事和领导都敬而远之。知道自己生性敏感，做人固执，性情孤僻，我对交朋友很慎重，怕受到伤害。会忠和小惠算是和我过往密切的朋友。会忠是和我同年从酒泉到敦煌的新干部，被分配给段院长当秘书。小惠是他的妻子，一个漂亮温柔的敦煌女孩，从事石窟数据的管理工作。我们不仅在同一年参加了院里主办的集体婚礼，而且在婚后关系很好。我在敦煌的时候常常得到他们夫妇的关照。他们理解我的孤僻，从来不勉强我做不喜欢的事。当我在晚饭后被拽到牌桌凑数的时候，会忠或小惠会主动做我的盟友，因为他们知道我牌技的拙劣和出牌的犹豫会导致失败。善良美丽的高姐比我年长，是保护研究所洪才兄的爱人。高姐是接待部的核心人物，担任过会计、出纳和售票员的工作。她很热心，很愿意出手助弱。因和我谈得来，她经常像大姐姐一样呵护我。每当家中做了好吃的，她就会叫上单身的我共享；在我工作不顺利心里难过的时候，她会小心安慰。当我决定参加院里主持的集体婚礼的时候，她站出来做了我的娘家人。志华和兆民比我稍稍小几岁，是我的同事。志华文静善良，不善言语却很贴心。不管我的角色是什么，在她的眼中，我首先是她的朋友。即使我后来成了她的顶头上司，志华也没有改变对我的态度。我们在一起的时候，总是我在说她在听，她的微笑和宽容让我感到放松。与志华相比，兆民是一个声音高动作大，敢做敢当的硬角色。兆民是来自甘肃天水麦积山石窟的讲解员，因为嫁给了美术研究所的伟文，调到了敦煌研究院的接待部。我们一见如故，相处得很好。兆民性格直爽且出口成章，她的爱憎分明和不给情面得罪了不少的人。可我偏偏喜欢她的性格，尤其是她对朋友的忠诚、做人的开朗和做事的无畏让我刮目相看。兆民的声音洪亮，很有感染力，经常会逗得生气的我哈哈大笑。在我担任部门主管之后，我的耿直时常遭受小人的排斥和挤压，让我闷闷不乐。但为了顾全大局，我常常委曲求全地保持沉默。兆民嫌我软弱，不堪忍受他人对我的挤对，经常站出来为我主持公道。每到她开口为我打抱不平的时候，我都感到解气，为她的仗义侠胆而感动。对我来说，一个肯为朋友两肋插刀的人是值得信赖的朋友。离开敦煌之后，我一直想忘记我在敦煌经历过的噩梦，可是我做不到，因为在这些不愉快的背后是朋友的情意。是会忠、小惠、高姐、志华和兆民的善良与宽容让我在最弱小的时候保全了自己，完好无损地撤离敦煌到美国留学。

敦煌石窟讲解员的工作是我独立人生的起点。离开敦煌24年了，因为伤过痛过，我没有想过回归。在选择博士学位论文题目的时候，我也避开了对我来说较为容易的敦煌课题，因为我不想回到敦煌做调研。时间过去很久了，在获得博士学位的第十五个年头，我才有勇气面对自己的过去。说实话，我不在乎今日敦煌的日新月异和环境的旧貌换新颜，因为我心中的净土依旧是那个年代的敦煌。

敦煌是我心中的牵挂。敦煌有我的噩梦也有我的思念。我想念敦煌友人的淳朴、莫高窟的荒凉、戈壁滩的寂静和石窟艺术的悲情。

友人

  我在这个世界有两怕，第一怕交朋友，第二怕得到噩耗。年轻的时候交友不慎，被朋友伤得很重，导致我对交朋友一直不主动。也许是"一朝被蛇咬，十年怕井绳"吧，我宁愿独来独往也不愿意与不喜欢的人同伍。加上生性古板，不懂变通，我对人际关系一直是望而生畏，看不明白。因为不信任旁人，不肯向他人打开心扉，我的同事和身边的人都觉得我傲慢，不太好相处。可是真正的我并不傲慢，只是怕受伤害。我不喜欢被人说三道四，也不喜欢说别人的闲话，一直很享受自己的耳根清净。在敦煌生活了15年，我能称作朋友的人不多。

  得到噩耗是我的第二怕，因为死亡已经带给我太多的惊吓。母亲说人死是天命，不可违背。我不置疑母亲的睿智，但无法坦然地面对死神。父母走了,公婆走了,好友走了,同学走了。每个死讯都在我脆弱的心上划下累累的伤痕,每个噩耗都让我心痛。父母的离世带给我的是抽筋拔骨的痛,因为我从此成了真正的流落他乡的孤儿,没有了家。纵使有千千万万个不愿意,我也无法抗争命运对他们的安排,只能以自己的方式报答父母的养育之恩,慰藉他们的在天之灵。父母去世后,我藏起了心中的悲伤,擦干了眼泪,把实现父母的夙愿当作我努力的目标,把做好自己的事业作为回报父母的礼物。当我把博士学位献给父母的时候,我有一种卸下重担的欣慰,似乎看到了父母的微笑。公婆去世的时候,我和先生日夜守在床前伺候陪伴,算是对老人尽了微薄的孝心。当我自己经历了两次死亡的考验后,我把活得没有遗憾作为今后的人生目标。2008年身患癌症迫使我面对死亡,改变了我对生命的认知,在被推入手术室之前亲手签下自己的"生死书"时,我已经打定主意:如果活着出来,我要调整自己的步伐。2019年的青霉素过敏算是死亡对我的第二次警告,因为我被救活了,有机会再次审视自己的安排。死亡让我害怕,但也让我警醒,变得理智。

面对死讯是我最懦弱的时候。我不应该,但忍不住常常抱怨死亡对生者的不公。逝者可以甩甩手潇洒地走,可活着的人却需要背负伤悲继续前行。很多年了,我只敢用"逝"去形容亡人,因为每当看到这个字,我似乎看见我逝去的家人和友人驾着云彩冉冉上升,融化在蓝天白云中,让我有幸福感。可是这种疯子一样的自我欺骗不能缓解友人和友谊同时消失带给我的悲伤。

好友宏江在2018年去世让我体验了一种别样的心痛。我非常珍惜我和宏江的友谊。我们17岁在敦煌认识，屈指一算，做了一辈子的朋友。自1995年离开敦煌后，因为计较我在敦煌受到过的伤害，我有很多年不愿谈敦煌，不愿亲近敦煌故人。后来在宏江的开导下，我才慢慢地打开自己的心结，把怨恨和情意分隔开来，重续我和敦煌的缘分。时至今日，我依旧对宏江的离去感到难过，自责自己的粗心。听到噩耗，除了流泪，我不知所措，抱怨事情发生得突然，没有给我准备的时间。2017年7月，我们在北京一起用餐聊天，并计划着下一次的重逢。尽管宏江的消瘦憔悴让我担忧，我依然相信他会像20年前一样战胜病魔。我从心底欣赏宏江面对疾病的从容和坚强。我们曾经相约在美国普林斯顿聚会，他和妻子浩会做我们的牌友。宏江承诺会陪我在普林斯顿的卡尼古湖畔垂钓，浩会和我先生去喝啤酒，不醉不归。因为不习惯和朋友谈自己，我常常小心翼翼地和宏江夫妇交往，试图做一个完美洒脱的老友。我知道自己的懦弱和把应该讲清楚的话讲得吞吞吐吐的习惯。可我知道，宏江是听到我心里话最多的一个朋友。现在，宏江悄悄地走了，带走了他的宽容。我在心里怨恨宏江的不辞而别，自责错过为宏江送行的最后机会。

宏江是在高考落榜后到敦煌工作的，是和我同批的新干部。我和宏江被分配到接待部做洞窟讲解员。因为合得来，我们在工作上很关照彼此，成了好朋友。后来宏江结婚了，我和他的妻子浩也成为朋友。当年宏江和浩的金童玉女般的婚姻备受莫高窟人的羡慕，想想那已经是30年前的事了。浩是个兰州姑娘，长得漂亮高雅，温柔细心，烧得一手好菜，是一个很讨人喜欢的姑娘。宏江夫妇为人很慷慨，喜欢交朋友，常在周末请朋友吃饭聚会，我们一家常常是他们的座上客。自从认识之后，他们记住了我是上海人，喜欢吃零嘴和色美味香的上海小菜。在为朋友聚餐烧饭的时候，浩会刻意烧一两个带甜味的南方菜以示对我的特别关照。和朋友们打扑克牌的时候，浩会主动为我挡驾或自己请缨上阵，因为她知道我不喜欢这个游戏但又不肯说出来扫大家的兴。我的女儿阳阳尤其和他们亲近，认宏江和浩为干爹干妈。当我忙的时候，宏江会到家里帮我带孩子，让我有空吃饭休息。如果我没有时间接孩子，一个电话就可以让阳阳变成快乐的小公主，因为浩会把她宠上天。在艰苦孤独的敦煌，宏江夫妇的友谊让我少了很多的孤独。有朋友可以依靠是一种很好的感觉。

宏江的宽容常常让我为自己的小心眼感到惭愧。他对友谊的坚持和呵护一直感动着我。记得当年我离开敦煌到美国留学之后，因为心里不爽，我有意切断了我和敦煌的所有联系，疏远了包括宏江夫妇在内的老朋友。我渴望在美国有一个真正的从头开始。一晃4年过去了，我的心绪似乎归于平静，基本放下了对敦煌的牵挂。没有想到的是，在我悄悄地离开敦煌后，宏江和浩一直关心着在美国留学的我，到处打听我的下落。如果不是宏江的坚持，我们可能会归于路人。因为他们的坚持不懈，我和宏江取得了联系，并约定在北京见面。和失散多年的好友在北京重逢让我既喜出望外又忐忑不安，因为我不想解释自己。我对和宏江的见面很紧张，因为我害怕他会问一些我不想谈的问题。

我们的第一次重逢是在1999年，当时我在美国西北大学攻读博士学位，正在筹备甘肃和四川石窟的中美学者考察，计划在完成考察后用两个星期做博士学位论文调研，然后直接回美国。计划完成后，我和几个美国朋友在北京王府饭店休整，准备次日返回美国。在离开美国前我和宏江通过电话，告知了我的旅行计划，并答应和他在北京见面，我想兑现承诺，但心里没底，拿不定主意要不要见面。我害怕见面的尴尬，只好采取拖延战术，可是出于礼貌，我在回美国的当天打电话向宏江辞行，并且告诉他我这次到北京只是转机，不准备见面了，约定次年夏天在北京见面。总算搪塞过去了，我松了一口气。但是，我没有想到宏江和浩会在通完电话后马上赶到我住的王府饭店来看我。也许是看透了我的心思，他们没有给我拒绝的机会，在到了饭店的大厅后才打电话给我，说："我们只想见你一面，只要10分钟就好，不会耽误你的事。"面对老友的诚恳，我没有理由拒绝。看到彼此，我们的眼中都含着泪水，没有想到，我们真的在北京重逢了。这次见面的时间很短，也没有深谈，但我们都感受到了彼此的情真意切，好似回到了从前的亲密。看到宏江的身体很好，浩依旧美丽大方，我由衷地高兴。北京的重逢让我们格外珍惜这失而复得的友谊。

宏江的鼓励让我重新相信友谊。我和宏江的第二次重逢是一年后的机场送别。我依旧行程匆匆，在北京转机的时候打电话向宏江辞别，并嘱咐他们不必送行。没有想到的是宏江和浩追到了北京机场。尽管时间紧迫，他们执意把我拽到了机场附近的一家上海餐馆用午餐。浩特意为我点了上海小黄鱼、春卷和清爽的小菜，菜相很诱人，让我心里一热。他们依旧记得我的清淡口味和对菜色的讲究。在他们的陪伴下，我和着眼泪默默地吃着小黄鱼。浩在旁边忙着帮我把刺剔掉，把我喜欢吃的菜分到我的碗里以便让我多吃几口。在他们关注的目光下，我老老实实地吃了午餐，含着泪水告别了宏江和浩。我知道，他们试图让我感受到老朋友对我的牵挂。在重逢后的20年中，我们彼此默默守护和陪伴，曾经相约等我们退休后，宏江和浩会到美国普林斯顿小住。钓鱼、喝啤酒、下棋和打牌都在我们的计划中。我记得当时我警告宏江和浩说，他们不可以抱怨我的技术不好。我真心地期待着退休后的重逢。

宏江的豁达让我对自己的计较感到惭愧。知道我的好强和固执，宏江从来没有追问我到美国留学和离婚的理由，也没有问及和朋友们不联系的原因。他们没有相信那些说我在美国藏匿女儿的谣言，因为他们不置疑我的人品。当知道我的不辩解是为了不影响孩子的生父在敦煌的家庭生活，放弃与朋友联系是为了不让朋友们为难的时候，他们叹了一口气，表示理解。当他们在纽约见到了女儿阳阳，确信我们生活得很好的时候，宏江和浩松了一口气。因为体谅我们母女相依为命的不容易，也知道孩子对父爱的渴望，宏江在阳阳回国的时候倍加疼爱她，让她体验被父爱呵护的幸福。每次从北京回来，阳阳都会喋喋不休地讲她在北京和干爹干妈做过的事，吃过的美食，买的漂亮衣服。孩子语气中的那份满足让我感恩宏江和浩的付出，以及他们对我的尊重和体贴。

宏江的坚强让我有勇气面对挑战。记得宏江生病的时候是我到美国留学的那一年。我不懂医学，但我知道要治好宏江的病需要奇迹。宏江得了癌症，我不能不辞而别，所以在离开前我专程到兰州宏江就医的医院去辞别。到医院的时候，我很难过，因为宏江刚刚动了骨髓移植手术，住在隔离室内，我只能隔着玻璃和宏江道别。看到病房中憔悴的宏江，我的眼泪像河堤决口一样流个不停。我不记得说了什么，只记得我因为强忍泪水而泣不成声。看到我难过，生病的宏江居然像往常一样开玩笑逗我开心，尽管他的笑很勉强。我们都知道，这次见面也许是永别。因为知道我和宏江的交情，浩很贴心地退到一边，让我们安静地谈话。庆幸的是，宏江的骨髓移植成功地打败了癌症，让宏江度过了10年加10年的无癌年。后来在北京重逢时，浩时常会拿我们的含泪辞别调侃我们的情谊，我们都是坦然一笑以示默认。当2008年我自己生病的时候，我想到了宏江的勇气，相信只要不放弃，我就有康复的希望。

宏江的真诚和浩的体贴让我体会到了友情的温度，改变了对友谊的偏见。宏江常常提醒我放下过去，活好自己。因为宏江和浩的开导，我慢慢地放下了对过去的怨恨，试图对友谊重建信心。对我来说，交朋友是一种缘分，更是一份责任，勉强不得，所以，我固执地等待着属于我的友谊，从不刻意追求。我期盼的友谊是不沾虚伪之气和铜臭之味的两相情愿，是心口合一的不离不弃。我和宏江的友谊没有身份、地位和金钱的约束，我们喜朋友之喜、悲朋友之悲，在沟通和体谅中一起成长变老。也许宏江和浩自己都不知道，他们的出现让我的人生变得圆满。能在有生之年两次得到宏江的友谊是一件比获得美国名校的博士学位更有意义的事，因为获得博士学位是计划之中的事，而找回宏江的友谊却是意外的惊喜。我很高兴等到了宏江和浩，和他们做了38年的朋友。在重逢后的20余年中，我们的友谊在北京和美国之间不断升温融洽，在想念中期待着下一次的重逢。宏江和浩是我们夫妇经常在北京驻足的原因。

宏江走了，带走了我们的友谊。我不知道未来的北京对我意味着什么。宏江走后，我常常心虚自己做朋友的不到位，因为我很傻，竟天真地相信把对别人的好放在心里就可以了。宏江去世后，我不敢主动联系浩，也没有勇气看她的眼睛，因为在她最需要支持的时候，我没有让她知道我一直站在她的身后，从来没有离开过。因为无法释怀我的内疚，2018年的夏天我和先生专程来到北京拜访浩，希望能帮她善后，弥补对浩的亏欠。可是，到了北京后，我发现自己不懂如何帮忙，反而给浩添累，让我更加内疚。看到忙碌的浩和自己的束手无策，滞留北京的一个星期成了我这辈子最焦虑的一周。我不敢抱怨自己等待的辛苦和委屈，只是汗颜没有实现专程来北京的初衷。

望着渐渐远去的宏江，我在心里默默地说：宏江，不要忘了我。

婚变

而立之年闹离婚是一种不幸,可惜我碰上了。离婚后,我想得最多的是离婚的原因。我想说,如果爱情是甜蜜和美好的,我不会选择放弃。如果婚后的家庭生活有温暖,我不会撇下幼女远走他乡。

有人说,婚姻其实很简单,合得来就百年好合,合不来就大大方方地分手,不必太在意得失。更多的女性朋友说,离婚是新人生的开始,因为女人不需要依靠丈夫得到幸福。我不知道如何附和上面的说法,因为我没有说话人的开通和洒脱。对我来说,离婚是伤痛,可能需要一辈子的努力才可以从失意的阴影中走出来。唯一可以庆幸的是,我没有后悔过自己的离婚决定。

（1）

　　我和画家先生的第一次见面是在敦煌研究院接新干部的公交车上，我们是同一批到敦煌工作的新干部，来自酒泉地区各个县市。当年录取的业务干部中，14位来自酒泉，3位来自玉门，3位来自安西，2位来自敦煌。为了表示对新干部的重视，敦煌研究院派了专车专人沿路迎接，从离敦煌800多公里的酒泉出发，经玉门市玉门镇到安西，终点是敦煌。

　　当姗姗来迟的接送车抵达安西的时候，我们3个安西人已在路边等得精疲力竭。车停在我们面前，我看到车里坐满了人，塞满了行李，几个坐在前排的女孩在对我们指指点点，与同伴们窃谈。由于隔着玻璃，我没有听到她们的谈话内容。我想，安西"城小人土"是公认的事实，被新伙伴评头论足是不可避免的，可我还是在意新同事的傲慢无礼。

　　车门打开，司机和领队下来和我们打招呼，可车里的人大多坐着没动，也没有人主动挪动自己的东西。僵持了一会儿，两位男青年站了起来，走出车门，热情地与我们打招呼，招呼车上的人挪动行李，给我们的行李腾地方。他们的热情让我心中一暖，暂时放下了刚才的不满。这两位男青年是会忠和画家先生。

　　在驶向敦煌的路上，会忠讲话不多，只是在旁边憨笑，让我感到亲切，我很喜欢会忠的厚道和体贴。画家先生的话很多，极力向我示好，我不太喜欢他的油腔滑调，可很欣赏他的斯文、帅气和风趣，尽管有点傲慢的味道。

到敦煌后不久，我就在画家先生的甜言蜜语中缴械投降，做了他的女友。在恋爱的时候，他承认说从见到我的那一刻起，就爱上了我，他喜欢我的朴实、漂亮、干练，以及南方女孩特有的细腻。

确定关系后，我们彼此迁就和宽容，感情过得去，我也把画家先生的傲慢看作清高而一笑置之，因为他本来就和一般人不一样，我喜欢他说话的条理和说服力。我因为有一个漂亮的画家男友而很有成就感，没有在乎他的傲慢。

可是，朝夕相处后我们之间的不合适暴露了出来，他的傲慢和高冷与我的自卑和务实不相协调。我自卑，因为和他漂亮高傲的前女友们相比，我是一朵不起眼的小野花。可是鬼使神差，我们结婚了。

（2）

婚后，当傲慢成为我们沟通的障碍时，我选择了原谅，因为我相信他是无意伤害我的好人。我万万没有想到，他的傲慢最终堵塞了我们的沟通渠道。我后悔当初没有搞明白傲慢的本性不会轻易改变的道理。

对傲慢的宽容奠定了我在婚姻生活中的被动地位。我因为太虚荣，误解了初恋是情定终身的前提，把初恋作为婚姻来经营。因为没有谈过恋爱，我缺乏对男人的了解，犯了自以为是的错误。正如俗话所说，恋爱中的女人很愚蠢，智商是零。我从恋爱到结婚，一直是在浑浑噩噩中度日，习惯把双方的不协调归罪于自己的不够好，而没有正视恋爱中出现的红灯警告。因为看重男友的风流倜傥和绘画天分，我看不见他性格中的随遇而安和不求上进，固执地把自己的终身托付给了一个没有看清楚的人。因为崇拜他的吉他自弹自唱、一手好书法和谈吐的高雅，我忘记了过日子的实实在在，把感情寄托在他洋洋洒洒的情书、梦境般的情话和诙谐有趣的小漫画上。那时的我不明白出身好、条件好、家庭条件优越不应该是择偶的条件，我后悔没有把性格和信仰上的默契当作重点考察。对初恋的执着蒙蔽了我的眼睛，让我选择了一条坎坷的婚姻之路，经历了10年的磨难。

迁就自私印证了我在感情上的不成熟。因为谈恋爱的头脑发昏，我没有注意到相处的不和谐。记得当年和未来公婆见面之前，我只关注他们会不会喜欢我而同意我们的婚事，没有留意他们对我的态度。开明爽朗的公公一见面就表现出了对我的喜欢，在婚后也一直很关照我，我们相处得很好，可我忽视了婆婆的居高临下带给我的不安。

第一次和婆婆见面是在敦煌研究院的单身宿舍。她来看望她儿子，我受邀到他的宿舍和他母亲见面。因为自信自己的优秀，我没有考虑婆婆对我的接纳问题，我有心理准备被婆婆挑剔，理解她作为母亲希望儿子找到好对象的心愿。我敲开门，看到一位穿戴整齐的中年妇女，她没有让我进屋，手把着门边，从头到脚地打量着我，有点像在商店检查商品，决定值不值得买的架势，让我很不自在。进门坐下后，她问东问西，像审讯犯人一样把我问了一个底朝天，让我尴尬。那顿饭我吃得心惊胆战、如坐针毡。当我扭头看画家先生，用眼睛示意他解围的时候，他没有响应我求救的目光，坐在旁边低头吃饭，没有打断他母亲的意思。婆婆的强势超出了我的想象，我感到了她的厉害。看得出来，她不是很喜欢我这个好强能干的儿媳妇，怕她的宝贝儿子受委屈，但心里明白我是一个非常出色的女孩，配得上她的儿子，便同意了我们的婚事。

婚后，婆婆对我不错，可我始终在意她当年的不善，一直对她敬而远之。我的失误是没有把画家先生事不关己的态度放在心里，忘记了他的冷漠带给我的不安全感。其实，不在乎是他性格自负的本源，他一直非常自信自己的能力。没想到，这份冷漠最终成为我们婚姻失败的导火线。

（3）

爱面子是导致我婚姻失败的另一个原因。因为读过许多琼瑶的爱情小说，我计划和这个让我心跳加速的画家先生谈一场轰轰烈烈的恋爱，即使委屈也在所不惜。结婚后我心甘情愿地做了爱情的奴隶，抱着一切以丈夫为中心的态度生活。谈恋爱的时候，画家先生的潇洒温雅、沉稳和谈吐斯文让我很有面子；他的一手好字让我着迷，因为我的字很难看。

我把注意力放在了表象的五光十色上而没有在乎过我们在性格和追求上的不同。即使婚后的磕磕碰碰让我不开心，我没有意识到婚姻的危机，试图通过忍让维系婚姻。可是，我们在很多的事上不能达成共识，感情出了问题。当我发现画家先生欣赏的是我的漂亮和干练而不是我的好强和固执的时候，我悄悄地落泪了。当我发现自己不是他喜欢的小鸟依人式的女孩时，我懂得了被冷漠的原因。尽管他从不干涉我想做的事情，我还是感到奋斗的孤独，逐渐明白在未来的蓝图中没有我们，只有我或他。尤其让我受伤的是画家先生对我的不屑一顾，嫌弃我活得不谙人事。他常常调笑我说："除了会读书，你什么都不懂。"我一直很在乎他的这句话，但为了面子，我一味退让。离婚后我才明白，爱面子造成了我在婚姻生活中的被动，因为我们之间少有沟通。

不自爱让我在婚姻中节节败退，直到没有了退路。表面上看，我嫁给了自己的真命天子，一个我心仪的男人，可我嫁得委屈，因为我没有体验过爱情的甜蜜。在选择伴侣的时候，我自视清高，不在乎物质和金钱，只求双方的心心相印，在婚后我才发现幸福离我很远。我们在一起的十几年，画家没有主动给我买过一件值钱的首饰，美其名曰"我不喜欢"，不用买给我。可是，哪里有不喜欢爱情信物的女人？没有信物可能也是我们婚姻不能长久的原因，这表示我不值得他疼惜。

在失落的时候，我常常想到母亲的一生，害怕自己步母亲的后尘。为了丈夫和孩子们，母亲选择做了一个贤妻良母，过着最简单、最平淡的家庭生活，没有享受过奢侈。可是母亲很幸运，有三个孝顺的女儿。我敬佩母亲的宽容和无私，但注意到了母亲的苦笑，怜惜母亲家人至上的治家之策。尽管母亲从未抱怨过自己的婚姻生活，可从她要求女儿们在婚姻中不要看轻自己的做法，我揣测到了母亲的失落。受母亲的影响，我用心地做一个好妻子和好母亲，可我不想像母亲一样活得没有了自己。我想做一个完整的女人，实现事业和爱情双丰收。对我来说，有一个我爱的男人是远远不够的，我需要一个体贴的男人和我一起扛起家庭的天。

（4）

婚后，考虑到我们双方没有大学文凭，我希望联手策划和摆脱处境的尴尬。当发现画家先生既不愿挑战命运也没有奋斗的心志的时候，我们开始吵架，伤了感情。后来，我们连吵架的意愿都没有了，让我后怕，我不能把未来寄托在一个没有理想的男人身上，只能挺身而出担起了照顾家庭的责任。

对画家先生无度的宽容使他的自负膨胀，是我的过错。为了讨画家先生的欢心，我努力扮演一个理想妻子的角色，在感情出问题的时候选择了躲避。因为面子，我宽容了他的好高骛远。当发现自己的努力换来的是鄙视的时候，我执迷不悟地在回避中求得和平共处。我试图满足平淡的主妇生活，把下班后在家看书、陪女儿、买菜做饭、洗衣拖地看作生活的享受，即使自己累得精疲力竭、倍感孤独的时候也不想指责他的逍遥。

我发现我们很少坐下来好好说话，商量家事，更谈不上改善我们的不协调。直到在镜中看到自己悲伤的眼睛和憔悴的面孔，我才意识到忍辱负重已经毁掉了我的美丽，因为幸福的女人才会美丽动人。

我开始拿孩子作为维系婚姻的借口，但这是对我自己的不负责任。为了孩子，我不愿离婚，希望给女儿一个完整的家。我选择沉默，是不想看到女儿在我们吵架的时候眼中流露出的惶恐和小小身体的颤抖。让孩子在父母之间选择站队更是让我心疼。因为年轻不理解孩子的需要，我把维持家庭的完整看作对女儿的最好安排。离婚后，我才明白自己的错误，因为孩子不在乎父母的贫穷、无能或家庭是否完整，只希望回家不要成为负担。夫妻的争吵不休是对孩子最大的惩罚，会影响到孩子的发育和性格。因为我们的关系不好，女儿小的时候很没有自信，做事优柔寡断，喜欢揣测父母的心意说话，让我对做母亲的失职感到内疚。

当发现我的初恋情人不再爱自己的时候，我依旧犹豫不决，既怕丢了面子，也想为了女儿维系婚姻。我狼狈不堪地抓着虚荣不放，心甘情愿地沦落为一个没有自我的蠢女人。为了爱情的完美，我埋葬了自己的尊严。母亲曾经说，做女人要懂得怜惜自己，因为做女人太苦，而大多数的男人不懂得疼爱女人。我在离婚后才理解母亲的意思。离婚前，为了保全面子，我不敢流露悲哀。即使婚后的生活如履薄冰，我不敢说委屈，不敢对父母诉苦，因为后悔嫁给自己选择的男人很尴尬。看到我的挣扎，母亲悄悄地说："过不下去就不要勉强了，你过得太委屈了。该发生的一定会发生，躲不过去的。"母亲的话很有道理，因为我一直戴着幸福的面具欺骗他人。因为爱面子，我不愿承认我的婚姻可能是错误，不敢考虑离婚。

到美国留学后，我希望隔海相望可以改善我们的关系。让我失望的是，在我暑假回国探亲的时候，画家先生从来没有问过我在美国过得好不好、住在哪里、如何生活或打工苦不苦,从来没有问过我修习的专业和研究兴趣,也没有问过我攻读博士的计划或毕业后的打算。在他的眼里,我一直是一个不谙人事、只会读书的傻女人。他对我的认知伤到了我的自尊心,让我清楚了我们婚姻的不可救药。

既然3年的隔海相望不能燃起他对我的思念,我在美国勤工俭学的辛苦不能唤起他的怜惜,那么即使相守一生,我们也是感情上的陌生人。当年我为了女儿留守婚姻,现在我为了女儿离婚,因为我终于明白,做一个坚强的母亲远比做一个贤良的妻子重要得多。

(5)

离婚后,我做的第一件事就是把珍藏多年的情书在壁炉中化为灰烬,彻底了断这一段旧情。

离婚是两个人的分道扬镳,更是痛恨交加的不依不饶。离婚的女人很委屈,因为直到今天我依旧无法心平气和地接受我的感情失败。离婚多年后,一想到婚变,我还是会难过,因为我曾真的很用心。阳光灿烂的时候,我劝自己,把离婚看作身份的转变,不要太在意。乌云密布的时候,我对自己付出10年青春的愚笨感到悲哀。孤独的时候,我叹息爱情的虚伪。更多的时候,离婚让我自卑得抬不起头来,很多年里,我像一只受到惊吓的小兔子,躲在不起眼的地方偷窥爱情之树,但不敢再品尝爱情之果。

当我意识到抱怨不能抹去眼泪的时候,做糊涂的小女人、守护盲目的爱情已不是我的目标。

离婚很痛，但帮助我成长。我在离婚后的最大收获是吸取了婚姻失败的教训，整理了自己的心绪，在重新出发的时候掌舵了自己的命运。我不再依靠他人得到幸福。通过离婚看清自己的错误是一个很好的体验，因为人生短暂，学会珍惜自己是重新站起来的第一步。

离婚让我看清自己的感情用事，修正了我对为人妻和为人母的错误理解。从某种意义上，离婚唤醒了我的自尊，它教会我在婚姻中放弃自己是一个错误；提醒我不能被生活击垮，我还是一个母亲，为女儿做榜样是我的义务。为了女儿，我擦干了眼泪，理智地对待感情失败，重新出发。

离婚后的自爱自重是我给女儿的榜样力量。自从女儿出生后，我一直很努力地做一个好母亲，用心地教女儿做事做人，因为我记住了"母亲是女儿的第一老师"的老话。我害怕自己的软弱和婚姻生活的被动影响到女儿的成长，让她对婚姻产生误解。我想用行动教会女儿在逆境中保全自己，在孤独的时候不忘自爱自强。离婚后，我把女儿接到美国和我一起生活，我成了一个读博士的单亲妈妈，担着读书、教书和抚养女儿的责任。尽管很忙，很辛苦，可是想到女儿的笑脸，我都会振作起来，因为让女儿看到一个坚强的母亲很重要。刚来的时候，女儿对我和她爸爸的分手有怨恨，在相当长的一段时间里不愿搭理我，认定是我抛弃了她的爸爸。慢慢地她越来越了解自己的妈妈，改善了和我的关系。尽管我不能给她物质上的奢侈，但妈妈的陪伴和疼爱让女儿脸上的笑容越来越灿烂。女儿告诉我，她不喜欢妈妈爸爸离婚，更不喜欢我们吵架或不说话。长大后，她知道妈妈和爸爸的确不合适，是两种不同的人绑在一起生活，非常赞成我们的分手。我很高兴我们的离婚没有对女儿造成严重的伤害，给了孩子自己定义幸福的机会，一个被婚姻拖垮的母亲是不配做女儿的榜样的。

　　离婚给了女儿一个健康成长的家庭环境。离婚后，我们各自重新组织了家庭，过得比往日幸福，给了女儿体验家庭幸福的机会。为了弥补留学的前3年对女儿的亏欠，我用心地呵护女儿的成长，让她参与我的感情生活。当我准备嫁给一个志同道合的美国教授的时候，女儿不但赞同我们的婚事，而且很快改口叫他爸爸了。因为善良的先生把女儿视为己出，给了她体验父爱的机会。大学毕业后，女儿回到了普林斯顿工作，为的是离我们近一点，让我由衷地感谢女儿的贴心。在美国，肯在大学毕业后回到父母身边的孩子非常少，孩子的回归代表了她和父母的关系融洽。为了让孩子不误解她的生父，我们和画家先生一直保持着朋友关系。几年前，当他到纽约出差的时候，他特意到普林斯顿看女儿。得知他的行程，我和先生特意请他和女儿到当地最好的法国餐厅吃饭，用行动告诉女儿做人要宽容，不能记仇。离婚20年后的重逢让我感慨不已，一个曾经才华横溢的画家和诗人，本可以为自己点燃荣誉的火炬，却选择了一份平淡无奇的生活。

　　离婚给了我体验真爱的机会，得到了一份心安的感情。能在爱人面前无拘无束地做自己是我最大的幸福。能在有生之年毫无顾忌地去爱一个人，大胆地流露自己的真性情，和一个全心全意爱我的男人共度余生让我满足。离婚让我懂得了两情相悦和千里共婵娟的真正含义，真实地体验被爱和被在乎的人生经历。再婚让我清楚了我和画家先生之间的问题。我们的不合适如同枝头鸟和河边草的不可缠绵一样，注定没有情缘，因为有翅膀的鸟和长根的草有着天壤之别的求生需求，追求的是两种截然不同的生活。高高在上的枝头鸟不会欣赏伏地求生的河边草，默默耕耘的河边草也不会向枝头鸟的高冷和傲慢称臣。只有枝头鸟和河边草都找到自己的位置，生活才会美满幸福。我后悔没有早一点发现自己在对方的眼中已变成了掉了羽毛的孔雀，在隔着太平洋呼唤爱情没有响应的时候更早一点停步。说穿了，离婚是坏事也是好事，很痛也很解脱，因为离婚纠正了我对爱情的期望和对生活的要求。离婚让我快速成长，沾上了懂是非和知礼数的女人味。

离婚传递了谅解，寄托了我对画家先生的祝福。对我来说，婚姻是一种人生体验，没有对错，只有合适与否。事实证明我们的离婚是正确的，因为之后我们彼此都找到了心仪的伴侣。离婚后，画家先生娶了一个和他很谈得来的发小，过着幸福美满的家庭生活，夫唱妇随，很是惬意。我也嫁给了一个志同道合的大学教授，找到了事业上的知音和生活中的伴侣。

放弃婚姻也是一份情意。

贵人

(1)

在生活中，我们会在不同的阶段碰到不同的好人。在一般情况下，好人的帮助多是举手之劳，没有特别的用意，所以受惠者不需要念念不忘。如同汽车抛锚有好心人顺路带你一程，一个陌生人给你一个硬币让你在购物机里买到汽水，好人之举闪耀的是人性的善良。然而，贵人有所不同，贵人之举是言之有信，在解决你的燃眉之急后帮助你重新站起来，或把你扶上马送一程。所以，贵人贵在善良中的有情有义。好人不一定是贵人，但贵人一定是好人。

美国史密斯学院的玛莉琳·马丁·瑞教授（Marylin Martin Rhie, Smith College）是我的贵人，一个值得我终生感谢的人。因为她的出现，我改变了命运。我想，在敦煌遇到玛莉琳教授，是我兢兢业业服务敦煌15年的回报。

1994年7月，玛莉琳夫妇来到敦煌，院长指定我这个接待部副主任陪同，协助完成考察工作。玛莉琳教授是美国史密斯学院的亚洲艺术史学家，她的先生央·瑞教授是麻省州立大学的数学教授。玛莉琳教授说话很好听，很软很甜，往往是还没有开口就先笑了，让人感到亲切。见面不久，我就喜欢上了这对为人低调、说话亲切的美国教授夫妇，非常钦佩他们的为人和学识。当听到他们谈论敦煌佛教艺术的画面认证和细节时，我敬佩他们的一丝不苟；当两位教授应我的要求不厌其烦地帮我纠正英文发音和用词的时候，他们对一位中国接待人员的耐心让我刮目相看。我尤其震惊的是，教授们在回答我稀奇古怪的问题时的热忱。为了让我听得懂，他们尽量用比较常用的英文单词讲解，或把我听不懂的梵文写在我的小笔记本上。和他们相处的一个星期给了我锻炼英文口语的机会，也更进一步激发了我对读书的兴趣。

一个星期后，教授们准备收工返回美国，我有点恋恋不舍。因为我的业务能力不错，熟悉石窟，工作热情高，做人勤快，心细好奇，教授们很喜欢我，离开敦煌前请我吃饭以示感谢。吃饭的时候，玛莉琳教授郑重地问我："你有没有想过到美国念书？"我听了吓了一跳，差点从椅子上掉下来，怕自己听错了。我连声说："我没有资格留学美国，因为我不是正规大学生，只有自学考试学历。留学是大学生的专属，我不行。"我告诉教授们，我没有公费留学美国的机会，敦煌研究院虽然经常公派没有本科学历的年轻人到日本进修，但鲜有到美国留学的先例。而彼时国内虽然已经放宽了学生自费留学的政策（1993年放宽），但到美国留学仍然需要本科学历。从自身条件来讲，美国留学的费用对我的家庭来说是一个天文数字，而我的父母都只是普通干部，没有供我自费留学的经济条件。

听了我的话，教授夫妇相互看了一眼，没有接腔，只是微笑地看着我。看到他们严肃的表情，我才知道他们是认真的。央·瑞教授解释说，他们这几天一直在观察我，认为我的天分很好，不读书太可惜了。他们表示，如果我真心想到美国读大学，他们可以帮助我选择学校，做我的推荐人。唯一的条件是，我必须通过出国留学的英文水平托福考试（TOEFL），符合留学的条件。教授们安慰我说，在美国，优秀的学生会得到学校的奖学金。如果读书期间在校园打点工，应付基本生活是没有问题的。教授还说，很多的美国大学生都是这样完成学业的，因为美国也有很多的贫困生。听了教授的解释，我松了一口气，惭愧自己的孤陋寡闻，没有想到没钱也可以到美国留学。

玛莉琳教授的提议给了我改写人生的机会。在遇到教授之前，我不清楚自己的未来在哪里，或自己能干什么。那时我的事业已经进入停滞期，如果没有遇到教授，我可能会把自己的一辈子都交给敦煌，庸庸碌碌地走完一生。其实，就我内向的性格而言，公众生活一点都不适合我，每天强装笑脸去上班让我很有负担感。看到我不开心，父亲母亲说，"不要挑剔了，好好干吧，找份好工作不容易，不要自毁前程"。好朋友劝我不要身在福中不知福，放开到手的幸福。面对大家的不理解，我只能苦笑自己的无可奈何。

在敦煌服务的15年中，我得到了敦煌研究院馆员的中级业务职称，被晋升为接待部的副主任，成为一个实力派讲解员。但是无统招学历文凭束缚了我的手脚，让我不敢在敦煌有未来，因为，我在敦煌一直没有归属感，活得像浮萍一样没有根基。我不想扎根敦煌，因为我对婚姻和事业没有信心。有的时候，我把自己的格格不入和错位感归罪于自己的命不好或天性愚笨。更多的时候，我把自己定在一个局外人的位置上，用事不关己安慰自己。当亲朋好友们听到"我不属于敦煌"和"敦煌不属于我"的言辞的时候，以为我是在开玩笑，因为在他们的眼中，我发展得很好，应该知足。可我知道我是认真的。在我看来，待遇再好，升职再快不如活得干净舒心。我不喜欢办公室政治，不能容忍自己被利用和鄙视的被动，停滞不前的事业和疲惫的家庭生活让我感到窒息。我知道只有离开敦煌，我才会找到做人的尊严。年轻的时候，我很靓丽，有很多的追求者。如果我肯低头，靠别人的力量过上安逸的生活一点也不难；如果我愿意忍辱负重，换一个岗位重新开始也是有可能的。可我是一个骄傲的笨女人，一个不肯吞咽嗟来之食的傻女人，只想通过自己的努力得到属于自己的机会。因为固执，我困守敦煌15年，等待着冲破藩篱的机会。通过读书离开敦煌是我最大的心愿。看到我的挣扎，已经在美国读博士的朋友们劝我到美国留学，换一种活法。可是，一个高考落榜生的留学之路在哪里呢？

在我筋疲力尽快要放弃的时候，是玛莉琳教授夫妇开启了我的希望之门。

（2）

既然教授看重我，愿意举荐我，我答应认真考虑到美国留学的事。我开始全力以赴地准备留学，不想错过这个机会。

起初，我对自己没有信心，对前途很悲观，因为我是一个高考落榜生。教授们的鼓励激发了我为自己拼一次的勇气。尽管不清楚自己的能耐，但我知道毅力和决心是自救的第一步，我希望能抓住这个千载难逢的留学机会。为了让自己没有退路，我辞去了敦煌研究院的职位，放弃了优越的生活和丰厚的收入，自愿做了一个勤工俭学的自费留学生。当决定把7岁的女儿托付给家人的时候，我的心在流泪。但是，我知道留学的成功会为女儿争取到一个灿烂的未来。吻别熟睡中的女儿，登上去美国的飞机是我这辈子做的最心酸的事。

教授们对我的能力的肯定让我不再置疑自己的能力。如果我不是读书的料，他们不会如此辛苦地安排和支持我到美国留学。我相信教授们的眼力，感谢他们的慷慨相助。既然老天爷把能改变我命运的贵人空降到了敦煌，我就没有理由缩头缩脑。教授的知遇之恩让我有千里马被伯乐发现的惊喜。教授的认可激发了我读书拿学位的决心。教授们的信心给了我安慰，因为我知道举荐一个中国的高考落榜生到美国读大学是很有挑战性的。

回顾自己的求学史，我从心底感激我的好朋友们的点拨和安排，因为从本科读起是一个非常有远见的建议。我依旧记得在1994

年的夏天，在美国哈佛大学读博士的宁强和汪跃进，在美国伯克利大学读博士的曹星原聚在敦煌宾馆研究如何帮我到美国留学的情景。朋友们一致认为从本科读起最适合我，因为打好文科基础是在美国发展事业的关键。在史密斯学院任教的玛莉琳教授也支持我从本科读起，认为这是外国学生千载难逢的好机会，不能错过。

为了让留学的胜算多一些，我废寝忘食地学习英文，到兰州参加了托福考试，通过了到美国留学的英文水平测试线。因为有美国伯克利大学的高居翰教授（James Cahill）和史密斯学院的玛莉琳教授的大力推荐，我如愿以偿地拿到了美国史密斯学院的录取通知书。我相信，是教授们的精心安排和强有力的推荐信，说服了学校。我更相信玛莉琳教授的大力举荐起了关键作用，因为她是亚洲艺术界的权威人士，写过很多关于中国佛教艺术和西藏佛教艺术的书籍，在学院很有威望。

在接到通知书的时候，我不敢相信我真的考上了。出于对玛莉琳教授的仰慕，我到史密斯学院读本科，正式做了教授的学生。我相信在教授的指导下，我一定会在学业上绕过浊流险滩，以最快的速度完成本科学业，拿到学士学位。事情过去了很多年，我不敢忘记当年教授对我的认可和鼓励。因为教授和好友的点拨和安排，我从本科读起，打好了在美国发展的基础。更让我感动的是，高居翰教授和他的夫人曹星原教授做了我的经济担保人。就这样，在朋友们和家人的祝福下，我在1995年的8月带着对完成学业拿到学位的心愿到美国麻省的北汉普顿市报到了。

刚入学时，我为成为玛莉琳教授的学生而惶恐万分，担心自己的美术底子不好，英文水平不高，会让教授失望。可是，教授鼓励和欣赏的眼神让我觉得一切都有可能。入学后，我以勤补拙，在玛莉琳教授的指导下学习亚洲美术史，用勤奋好学赢得了教授的信任，得到了很多一对一的指点。即使是在最艰难的时候，我也没有放弃，因为我不能对不起举荐我的教授们。同时我很珍惜这个追随一位有名望的导师的机会，希望能把留学的第一步走好。在跟随导师学习的三年中，教授在我的身上耗费的时间和精力远远超过了一般导师的责任范畴。

教授的细心传授奠定了我的专业敏感度。教授拥有卓越的分析视觉艺术的能力，是业界公认的大师。我最骄傲的是学到了她的艺术分析法，这使得我在读博士时和在创业后的艺术评估工作中能得心应手。为了教会我视觉艺术的分析法，在为期两个学期的世界美术史讲座后，教授带我到图片室帮我温习讲过的内容，解释我没有听懂的问题。我没有忘记自己初入学时的狼狈，在跌跌撞撞中摸索着研习世界美术史的窍门。

同时，为了尽快提高英文的写作水平，导师帮我选了英美文学课和写作课。为了及时评估我的进步，教授会定期和我谈学业，点评我的论文，提出修改的思路。为了确保我能够提交有质量的论文，教授会在开学的前两个星期和我探讨每门课程的论文要求，解释主讲教授对论文的要求。我辛苦，导师更辛苦。在教授的精心辅导下，我在第二个学期的时候基本上赶上了同班同学的进度，在年终因为成绩优秀上了校长荣誉名单，算是没有辜负导师的期望。

更让教授惊喜的是，我在本科毕业后申请到了学院的硕士研究生。当听到我计划在硕士毕业后继续读博士的时候，教授的眼中含着喜悦的泪花。教授自己也没有想到，她认识的那个懵懵懂懂的敦煌讲解员会有如此的志向。她没有看错人。我心里清楚，是恩师玛莉琳教授的精心栽培和鼓励，以及史密斯学院扎实的本科教育激发了我攻读博士学位的勇气。1998年硕士研究生毕业后，我考取了美国西北大学的艺术史博士研究生，搬到了美国中部伊利诺伊州的埃文斯顿市。搬迁的时候，我的随身行李依旧是我出国时带来的两个行李箱，足见我的寒酸。为了得到学士和硕士学位，我瘦了25斤，而且戴上了眼镜，但我不后悔，因为在美国留学的艰苦磨炼了我的意志，学会了不对困难低头和锤炼自己的耐心。

到美国留学给了我成全自己的机会。到美国留学之后，学业很重，生活很苦，问题很多，但我的心情却很轻松，因为我不需要看别人的脸色生活。尽管留学意味着从头做起，一切靠自己，我骄傲自己的坚持。因为到美国留学，我对自己的心愿和对生活的需求很清醒，我愿意通过努力成全自己。明白留学的不易，我到美国后没有偷过懒。在留学的前3年，我没有为自己放过假，每天的睡眠不敢超过5个小时，用醒着的每一分钟努力工作，为的是保持成绩优秀，能得到下一学年的奖学金。因为学美术的开销大，学校给的奖学金有限，我做过各种工作来补贴生活——我给导师做过助研或助教，从翻译文献到打杂；周末的时候我给学院的老师看过小孩；放假的时候，我在纽约的中餐馆做过收银员和带位员。因为没有买车，同学送的一辆旧自行车成了我的交通工具。冬天下雪不能骑车的时候，我只能步行40分钟去上课。留学生的生活很苦，但我不后悔自己的付出。

留学美国的最大收获是在坚持不懈中实现自己的价值。在读博士期间,奖学金的数额大了很多,经济状况大为改观,我依旧坚持打工,因为我需要额外的收入抚养女儿和补贴专业考察需要的经费。我没有喘息的机会,工作是我的全部。为了赚钱,我和加州的一个做基金会的朋友合伙做过旅游生意,负责带旅游团到中国是我的暑假工作。连续三年,在把旅游团送走之后,我留在中国完成博士学位论文的考察计划,做得非常辛苦。就这样,尽管穷学生的生活很清苦,我在美国老老实实地读了10年书,学会打工养活自己,过得坦然。得到博士学位,做一个完整的自己是我的心愿。

在美国留学帮我重新认识成功的定义。留学的艰辛调整了我对生活的要求,对事业的期望和对幸福的认知。博士毕业后的创业是我留学生活中的锦上添花,是值得骄傲的经历。我在美国找到了自己的事业和爱情,有能力为女儿遮风挡雨,给她一个健康成长的环境。更重要的是,我用实际行动证明了自己的价值,教会女儿做人要自强不息。告别过去是我到美国留学的原因,成就事业和爱情则是我在美国留学的收获。

(3)

玛莉琳教授的支持帮我脱离了在敦煌"苟且偷生"的生活,得到了重新出发的机会。玛莉琳教授夫妇对我的欣赏让我欣喜若狂,被玛莉琳教授赏识是一种荣誉。在教授的保驾护航下,我留学美国，实现了自己的大学梦，成就了自己的事业梦。从1994年我在敦煌认识她，到2005年博士毕业，教授不弃不离地陪伴在我的身边，关注着我的成长。从建议去美国留学，制订读书计划，筛选学校，写推荐信，到机场接机并把我送到学生宿舍，教授都是亲力亲为，没有因为自己是名人而慢待我的需要。可贵的是，教授在帮我的时候没有期待任何回报，而是考虑了我是不是值得她帮助之后的真心付出。

教授的默默守护让我情系母校。教授的耐心和母校的慷慨一直温暖着我的心。因为史密斯学院本科和硕士教育的扎实，我在拿到东亚艺术硕士学位之后，考入美国西北大学的博士生院，专修中国艺术和西藏艺术。我在2005年得到博士学位，圆满完成了自己想接受最好的正规高等教育的计划。我是教授的硕士研究生和唯一拿到博士学位的学生，算是不负教授的期望。

我的这份坚持不懈，这份敢做事业大梦的自信，既来自导师的鼓励，也来自史密斯学院的育人方针。让我感触最深的是史密斯学院鼓励学生挑战不可能的战鼓声。在离开史密斯学院后，教授依旧关心着我的成长。现在我仍记得在2005年，受玛莉琳教授的邀请，我随在普林斯顿大学教书的先生到母校史密斯学院讲课的情景。在介绍了我先生之后，教授特意告诉听众，太史文教授的夫人是史密斯学院的校友，她的学生，刚刚拿到美国西北大学的艺术史博士学位。她语气中的骄傲感染了所有的听众，久久不息的掌声让我热泪盈眶。我没有想到，我的导师会以如此的方式祝贺我的成功，我的校友们会以如此的热烈欢迎我的回归。随着年龄的增长，我会忘记很多的事和人，但我会记住史密斯学院给我的机会、导师对我的提携和校友们对我的支持。

对教授的感激之情让我不敢虚度光阴，不敢忘记导师和母校对我的培养。玛莉琳教授是我这一辈子最想感谢的人，可我从来没有当面说出我的心意，怕说不好而显得虚伪。是教授的伯乐之举改写了我的人生，给了我重新认识自己的机会。在我最弱小的时候得到恩师的保驾护航，是不能用一句简单的"谢谢"了结的，所以，我在这里郑重地向恩师鞠躬，真诚地说声"谢谢"。

2020年2月5日是一个让我流泪的日子。先生打电话告诉我："你的导师玛莉琳教授过世了。" 他看到了哥伦比亚大学的同事转发的悼文。教授是在2020年1月26日在麻省的家里因病去世的，享年82岁。听到这个消息，读到那篇悼文，我忍不住哭出声来。我又晚了，错过了让导师知道我的心意的机会，因为我正在和编辑们定稿这本回忆录，想用写作的方式表达我的感恩。我原计划在英文专著 *Wei Yang's Guide to Chinese Painting and Calligraphy*（《杨薇中国书画指南》）和中文回忆录《沙枣花的故事》出版后，把它们寄给玛莉琳教授验收。没能如愿向导师汇报我在离开史密斯学院后的经历和成就让我心酸和自责，只能再次对着麻省的方向向导师鞠躬致歉——"对不起，教授，我迟到了。请一路走好！"

留学和创业在美国

（1995—2005）

博　导

（1）

　　我喜欢用"朋友"或"旧识"来点明我和他人的关系。我辩解说朋友和旧识是两个不同的概念，因为旧识不一定是朋友，但朋友往往是旧识。对我来说，"朋友"和"旧识"的最大的区别是缘分的深浅、相互认同的深度和是否有彼此扶持的承诺。我不喜欢把仅有一面之交的人称为朋友，因为在问好握手后各奔东西永不见面的人不是朋友。我不把夸夸其谈的人当成朋友，因为这种人太多，和他们交朋友太累。我也不会轻易地把朋友的桂冠送给旧识，因为朋友是一个神圣的身份，代表着自己的在乎。我尤其瞧不起那些动不动就称兄道弟，张口闭口就拍胸脯的人，因为我怀疑他们的诚意。

当有人把刚刚认识的我当成朋友介绍给他人的时候，我会因为心虚而手心出汗。对我来说，友情是双方认同的一份情意，需要用心呵护，慷慨不得。

我承认自己是一个挑剔的人，既不热心交朋友也不在乎朋友的多少。我惭愧自己不是做朋友的料，因为我太木讷。我喜欢和真诚善良的人相处，不会在乎对方的出身和地位，因为真诚不需要渲染。在敦煌工作的时候，我和看果林的张大爷很有缘，碰到后一定会闲聊几句。在杏子熟了的时候，张大爷会在我下班的路上等候，递给我几个早熟的杏子尝鲜。我和在北区看管465窟的老师傅也很投缘，可惜忘了他的名字。知道我的胃不好，他专门托人带话，让我找他拿狗肉暖胃，让我感动。我也会把单位发的福利和别人送给我的礼物转送他们。他们喜欢我的理由很简单，因为我很随和。不管我是一个普通的讲解员还是一个管理60多人的部门领导，我在遇见他们的时候都是一样有礼貌，没有架子。偶尔，我会把情投意合的人，也许是刚刚认识的人当作朋友看待，因为相见恨晚的感觉人生没有几回。我也会把和我有多年交情，不亲近但善待我的好人当朋友一样来珍惜，因为他们的善良让我的日子好过了很多。说到底，在朋友的问题上我一向谨慎，不会阿谀奉承，不会过河拆桥，更不会图利，因为我相信善待他人就是善待自己。

有福气和旧识、朋友在异国他乡重逢让我开心，因为这种奇遇很稀罕。我的运气就好极了：在麻省读本科的时候，我有幸遇见在敦煌时认识的好友——胡素馨教授（Sarah Fraser）。

胡素馨教授彼时任职于美国西北大学艺术史系，我们都叫她萨拉，胡素馨是她的中文名字。我曾经调侃说，胡素馨这个名字古色古香，比中国人还要中国人。在美国东部留学的3年是我过得最辛苦的一段时期，那时我没有朋友、没有家人，很孤独，因此与胡素馨教授的相遇，让我分外感到与老朋友重逢的亲切。尤其珍贵的是，日后当我到美国西北大学读博士，胡素馨教授恰巧是我的博士生导师，这让我哑然失笑，因为人和人之间的缘分实在是不得了。在美国留过学的人都知道，读博士很辛苦，面对的问题很多，如果没有导师的关怀和用心，走出逆境、拥抱太阳是很不容易的。在这里，我不是随意用"逆境"和"太阳"来总结我的留学经历，因为每个形容词都载着我的感恩。因为有胡素馨教授的精心栽培和扶持，我在美国西北大学的留学生活很顺利。

我很珍惜我们之间的友谊，相识30年，萨拉是一个值得我守候的朋友。

（2）

胡素馨的名字在中国考古艺术界很响亮，因为她做过一些大的先锋研究项目。1998年，她主持了敦煌艺术的电子化项目，让业界同行刮目相看。1999年，在纽约露西基金会的支持下，她策划了中美甘肃四川石窟艺术考察项目，开辟了各科专业人员在实地互相学习的研究模式。作为前辈，萨拉的兢兢业业和全心全意是后来者的表率；作为博士生导师，她全力以赴地为学生做引导和铺路，鼓励学生尽快完成学业拿到学位，走上工作岗位。她很慷慨，会在学生需要的时候拿出自己的资源为学生呕心沥血,给学生展现风采的机会。能追随这样的导师是博士研究生的福气。在我们做朋友的30年中,萨拉对事业的执着,能吃苦的性格和对友谊的忠诚一直感染着我。

我和萨拉的友情始于敦煌,源自我对她执着与坚强的欣赏。当年认识萨拉的时候,我是敦煌研究院的石窟讲解员,而萨拉是美国伯克利大学艺术史系的博士研究生,也是美国的中国艺术史泰斗、著名教授高居翰的弟子。她为人热情、待人朴实,讲一口好中文。因为做事干练,为人慷慨,她在当地很有人缘。为了完成博士学位论文的调研,萨拉连续3年到敦煌考察石窟工匠的创作和敦煌壁画的蓝本。每次暑假来敦煌,她都会在敦煌研究院招待所住一两个月,每天带着手电筒和笔记本上洞窟学习。20世纪90年代的敦煌很封闭、很艰苦,没有娱乐,没有西餐,到处是蚊子。因为水土不服,外乡人初来乍到的一个星期都会拉肚子,苦不堪言。可是萨拉很少抱怨环境的恶劣。刚开始的时候,我无法想象一个在富裕的美国长大的女孩子,为了事业会万里迢迢地来到中国西北的边塞小城敦煌,像当地人一样生活一个月。出于敬佩,我开始留意和关心这个勤勉的美国博士研究生。因为谈得来,萨拉时常会在周末到我的家里吃饭和聊天,时间久了,我们做了好朋友。

萨拉是一个很温暖的人。她的谈吐有点"咄咄逼人",有人把这种性格归结为美国人的直爽和可爱,可有的中国朋友却认为她不会说话,太直截了当,让人下不了台,因此很少有人知道她其实很细心、大方且待人真诚。记得我们刚认识的时候,女儿阳阳只有4

岁，挺喜欢她的这位外国阿姨。萨拉的中文很好，每次到我家里来都会陪阳阳玩，对家中的粗茶淡饭一点也不挑剔。每次从美国回到敦煌，她都会记得给朋友们带礼物。在敦煌人的眼里，美国人有钱，买礼物给朋友们是小事一桩。可是，我到美国留学之后才发现，在读的研究生，包括美国学生实际上并不富裕。大多数的研究生靠的是助学金或奖学金，都有经济压力。而艺术类教科书有图片，要比普通的教科书贵很多，再加上实地考察、更新计算机和摄影器材的需要，因此学美术的学生往往更为拮据。没有第二份工作和特殊经费的补助，要完成博士学位相当辛苦。同行中的人喜欢开玩笑说"没钱学经济，有钱学艺术"，讲的就是艺术人的无奈。所以，愿意给朋友们买礼物的人是很有心的。在敦煌的时候，因为不懂美国的教育体制和美国研究生的经济来源，以为学生的父母会负担学费和开销，我把萨拉的慷慨当作理所当然，没有想过她的学生身份和可能存在的经济压力。在自己成了靠奖学金读书的博士研究生后，我才知道萨拉的不容易和她对朋友们的良苦用心。

　　萨拉是一个很重情义的人。在朋友需要帮助的时候，她不会袖手旁观。记得有一个周末，萨拉像往常一样来家里玩，正好碰上女儿生病不开心，瘪着小嘴在哭。看着手忙脚乱的我边洗衣服边照顾孩子，萨拉主动接过了陪孩子的工作。为了逗阳阳开心，萨拉拿着围在脖子上的长纱巾在屋里舞来舞去，教女儿跳舞，有趣极了。别说孩子了，就连我都笑弯了腰。我没有想到平时一脸严肃的萨拉会如此有趣，如此有人情味，像个孩子似的。在西北大学读博士的时候，因为生活已经稳定，我想把女儿接到美国。可是孩子的运气不好，她到美国的签证多次被拒签，让我沮丧。听到这个消息之后，萨拉非常的着急，她一边请西北大学的校长写信给美国驻华使领馆支持女儿的签证申请，一边亲自赶去帮忙协调。萨拉的这份情意让我感动至今，因为她从来不计较她对朋友们的付出有无回报。

在美国西北大学的重逢是意外之喜，也让我近距离地了解萨拉。1995年我到史密斯学院读书的时候，萨拉是美国伯克利大学的博士候选人，还没有拿到博士学位。可我万万没有想到的是，3年后，当我拿到史密斯学院的学士和硕士学位，考入美国西北大学读博士研究生的时候，萨拉已是艺术史系的教授，顺理成章地做了我的导师。

能做萨拉的博士研究生让我很满意，因为我一向仰慕她的聪慧、博识、坦诚和用心。在申请博士研究生之前，有经验的前辈们提醒我说，找到一个慷慨的有爱心的导师是读博成功的关键，因为导师的监督和配合会给学生的选题、调研、完成论文和通过答辩奠定基础。说穿了，一个博士研究生的成功靠的是个人的才能和导师的鼎力相助。给旧识、朋友做学生既让我感慨我们的缘分，也增加了我快马加鞭地拿学位的信心，因为萨拉的尽职和用心会成全我在最短的时间里完成学业，拿到学位的计划。

在萨拉的指导下，我很顺利地完成了博士学位论文，通过了论文答辩，提前一年获得了博士学位。我们同一届有7位博士研究生，只有我和英国的托比提前毕业了，足以说明萨拉功不可没。博士毕业后，我回到了新泽西的普林斯顿，看到了一些人用数十年时间取得博士学位，甚至有人白发苍苍还未得到学位的例子，更庆幸自己的好运，庆幸自己碰到了一个有爱心的导师。

萨拉竭尽所能担起了一个博导的责任，给了我很多的历练机会。她的全力以赴拓展了我的成长空间。因为知道我的生活圈子导致视野狭窄，她把给我更多的实地考察的机会作为辅助我成功的策略。在读博士的第一学期，萨拉安排我到英国短期游学，遍览英国的博物馆和图书馆的收藏。第二年，她安排我参与了美国西北大学敦煌石窟数字馆的工作，揭开了敦煌艺术数字库的第一页。同年，我协助她策划并参与露西基金会组织的中美佛教艺术考察团，使我提高了组织专业考察的能力。在读博士期间，她推荐我修习一些重要的艺术理论课，一对一地向一些著名的现代艺术史教授学习艺术评论课程，以便提高艺术鉴定和欣赏的能力。萨拉的精心设计和全力辅助，使我在读博期间掌握了一个艺术评论家必须具备的基本能力。我收获了许多项艺术考察的研究经费和研究机会，包括守在台北故宫两个月，在台湾的阳明山上修改我的博士学位论文。最让我骄傲的是，我代表美国西北大学竞争到华盛顿艺术馆高级视觉艺术研究中心（Center for Advanced Study in Visual Arts, National Gallery of Art, Washington, D.C.）的梅伦博士学位论文奖学金（The Andrew W. Mellon Fellowship）。这是所有艺术史博士候选人都会拼命争取的一个有两年经费的大奖。能得到这个大奖显示了学校的实力、学生的能力和导师的优秀，因为参加这个全国性大型比赛的选手都是各个大学推荐的优秀博士研究生。参赛的学生除了要提交博士学位论文提要和博士学位论文的一个章节外，还需要回答5位著名美术史专家的现场提问。当我通过答辩成为胜出的6名选手之一的时候，萨拉非常骄傲她的研究生得到了这个殊荣，特地请我到埃文斯顿最昂贵的日本餐厅吃了大餐，以示祝贺。之后每每我在审查自己的简历的时候都会想到萨拉。

（3）

萨拉是一个很在乎朋友的人。记得我在史密斯学院读书的第一年，萨拉到新泽西州探亲的时候，专门绕道到麻省北汉普顿市来看我。因为我在暗室冲洗照片暂时出不来，她在校园的长凳上等了我两个小时。在见到我之后，萨拉随我回到公寓一起吃午餐。因为没有准备，只有三明治和茶水，而焦急的我把面包都烤糊了，可萨拉一句怨言都没有。我为自己的窘迫尴尬，为萨拉的体贴感动。

和萨拉在埃文斯顿的重逢一定是命运的安排。毕业后，每当我想到和萨拉的这种亦师亦友的关系，都会骄傲自己的决定。在我做穷学生的时候，她给了我最需要的支持，帮我避开了很多的弯路，顺利地完成了学业；在我遇到难题的时候，她为我出谋划策；在我孤立无助的时候，她带我到商城买衣物，陪伴我度过许多的不眠之夜。萨拉从来没有吝啬过她的时间和精力。

即使我离开学校后，萨拉也没有停止对我的关心。在成为博士候选人后，我从埃文斯顿搬到了新泽西的普林斯顿，在普林斯顿大学的艺术考古系负责中国艺术图书的编目，边工作边完成博士学位论文。当知道我需要用藏文查阅文献的时候，萨拉为我申请到特别的经费，在新泽西州的西藏佛教中心为我请了一位藏文老师辅导我的藏文。我如愿以偿地在搬回普林斯顿后的第二年完成了博士学位论文，通过了论文答辩，拿到了中国艺术史和西藏艺术史的博士学位。毕业后，我和萨拉的联系少了很多，但我们始终在关注着彼此的发展。萨拉在事业上依旧积极向上，一步一个台阶地攀登着事业的高峰。从赴敦煌考察的博士研究生到我的博士导师，从美国西北大学美术史系的教授兼主任到现在的德国海德堡大学东亚艺术研究所的所长，萨拉在事业上一直是捷报频传，我钦佩萨拉的坚毅和进取精神。

萨拉的理解和支持给了我走好自己的路的信心。博士毕业后，我选择做独立学者和创业，因为先生事业有成，我有自由选择职业的奢侈。考虑到自己多年来对中国艺术的欣赏和艺术市场的兴趣，我在博士毕业的同年创立了一个以中国艺术为主的亚洲艺术咨询评估公司，走上了一条文科博士创业的坎坷之路。除了先生外，亲人和朋友都不太理解我的选择。姐姐说我犯糊涂，浪费了我辛辛苦苦得到的博士学位。萨拉没有点评我的决定，只是默默地关注着我的成长，因为她知道我的固执，不想勉强我。创业后，我和萨拉见过几次面，一起吃饭聊天。每次见面，萨拉都是默默地听我的计划和想法，鼓励我做好自己想做的事。萨拉说，中国艺术的欣赏和评估行业是一个急需人才的领域，需要大量的博士参与，我的入行一定会为提高这个行业的质量做出贡献。觉察到我的不安，萨拉安慰我说："自己做的事自己喜欢就好，不必向他人解释，走好自己的路最要紧。"能按照自己的意愿生活的人是幸福的，能在自己喜欢的事业中找到满足的人是成功的。在发展事业的探索期，这份来自导师的理解给了我征服苦难的信心。当我在创业14年后出版了一部35万字（英文版）的关于中国书画艺术的欣赏和评估的专著时，我知道萨拉会为我高兴。

日本园林

（1）

日本园林是我的母校——美国麻省北汉普顿市史密斯学院（Smith College, Northampton, Massachusetts）的一处美景。幽幽的天堂湖（Paradise Pond）、热烈的秋天红叶、幽雅的日本园林，迷倒了史密斯学院的校友和她的家人们。在史密斯学院读书的时候，喜静的我经常到日本园林散步、想心事，想哭的时候也会去日本园林。毕业后，我回北汉普顿市的机会不多，但始终难以忘怀日本园林中的那条我走过许多次的石径。日本园林是我减压的净土，那条弯弯曲曲的石径记下了我留学生活的快乐和安宁。

石径的幽雅点缀了天堂湖的平静。它那纤细的身姿、静悄悄的脚步和款款伸入的不拘小节，让四周的树木和草丛快速协调自己的身姿，融入这种简单的美丽。石径两旁的每一处点缀，是东方美景的精致和设计师的用心的道白。小小的木屋、不修边幅的卵石、粗糙的石条、低矮的灌木、饱经风霜的栅栏和孤独的独木桥带着一分东方的神秘迎接访客。我尤其想念那座站在坡上的日本茶屋，尽管我从来没有在那座茶屋里品过茶，也没有在那里俯瞰过坡下的天堂湖。在史密斯学院读书的三年中，我无数次地漫步在这条幽静的石径上。有的时候是为了清静，有的时候是因为遇到了难题，有的时候是心情不好，更多的时候是想找个安静的地方，畅快地呼吸一口新鲜空气。在春天的时候，我喜欢漫无目的地在这条石径上读一读草木的标名和介绍，随意停下来坐在一条石凳上想心事。秋天的时候，我会来到天堂湖，躺在湖岸的草地上观看翩翩起舞的红叶，享受忙中偷闲的乐趣。冬天的时候，我会惊喜茫茫白雪覆盖大地的壮观，会把自己全副武装起来，戴上护耳朵的绒线帽、加厚的手套，拉上厚厚的羽绒服的拉链，踏着积雪到天堂湖散步。冬天的新英格兰地区非常冷，在大雪天出门散步的人很少，我很享受穿着雪靴孤零零地站在寂静的雪地里，端详自己留下的歪歪扭扭的脚印的心情。在这样的一个幽静的洁白世界里，我悄悄地想心事，即使流泪也不用难为情。我不能不佩服园林设计师的贴心。

让访客感受日本园林的别致和享受诱人的景色体现了设计师的体贴。我为在读书的时候没有用心学习园林的历史感到惭愧。我最近才在史密斯学院的网站上得知，这个日本园林是在1984年由校长吉尔·科·康威（Jill Ker Conway）与宗教和亚洲研究系的海野大澈教授（Taitetsu Unno, 1929—2014）主持修建的。巧的是，海野大澈教授是我读东亚佛教艺术硕士时的导师之一，这让我对日本园林更有一份特别的亲切感。园林的设计师是一个日本园林艺术家大卫·斯劳桑（David Slawson）。园林绕着天堂湖的石径绵绵地深入林中，其安静和幽雅很有日本园林的味道。据说，修建的目的是让史密斯学院的师生员工有一个可以放松的地方。

日本园林写照的是史密斯学院的精致和独特。日本园林的确可以让访客在喧闹中找到宁静，给人心静的感觉。在留学的第一年，我住在吉莱特宿舍时受到的惊吓，让我难忘日本园林的体贴。记得那是期末考试之前的一个夜晚，正在宿舍看书的我被一阵鬼哭狼嚎声吓了一跳，不知道发生了什么事。我打开窗户伸出头左右张望，发现几乎所有宿舍的窗户都是打开的，很多的学生围在窗前喊叫。问过同学后才知道这是史密斯学院的传统：在大考的前一夜，女学生们会打开宿舍的窗户，对着夜空，大声地喊出自己心中的压力。当时我不懂这种行为有益身心健康，不想参与，因为这不符合中国人的习惯。知道这一传统后，怕闹的我会在大家喊叫前来到坐落在校园角落的日本园林里躲清闲。考试后，我也喜欢到日本园林中放松自己。不用带书包，不用想功课，甩着双手，沿着石径随意地走走停停的感觉真的很好。有的时候，我会捡起一片树叶夹在书里或采一朵小花别在黑发上，漫不经心地左顾右盼，倍感轻松。只有在这个时候，我才会在意园林中的精致。每一个转弯，每一段栅栏，每一个石凳，每一座雕像和每一抹色彩都会跳出来和我对话。当我把步子放慢的时候,突然发现这条石径的每个细节似乎都在讲述史密斯学院的故事。

(2)

如同园林中的石径带给我需要的宁静,史密斯学院的本科教育孕育了我的事业心。史密斯学院位于美国马萨诸塞州的北安普顿,一所成立于1871年的私立女子学院,是美国著名的"七姐妹"女子学院之一。学院不大,大概有2500名在校生,师生的比例是1∶9。学校学生大部分是本科生,小部分是研究生;本科生都是女生,只有研究生中偶有男性。记得我1997年本科毕业的时候,全校毕业生中只有一位来自法国的学习美国文化的男硕士生毕业。当时因为这位男同学夹在女生中,毕业生们笑了很久。也许是"物以稀为贵"的原因,那年的毕业典礼上,这位高头大马的男学生被排在毕业生的最前面。在排队入场的时候,他好似一个骄傲的将军带着一群精神抖擞的女兵入场接受检阅。按照史密斯学院毕业典礼的传统,所有的毕业生都着白装,手持一朵红玫瑰入场,只有这位男士穿的是咖啡色的西装,手中的红玫瑰也显得格外俏皮。在一片白红相间的毕业生中,他的出现果然是鹤立鸡群,不同凡响。其实,男生青睐史密斯学院一点不奇怪,因为史密斯学院是美国颇负盛名的文理学院(Liberal Arts College)之一,曾经培养出大批的女中豪杰和名家闺秀。享有盛名的校友有《飘》(*Gone with the Wind*)的作者玛格丽特·米切尔(Margaret Munnerlyn Mitchell,1900—1949),

著名的诗人西尔维娅·普拉斯（Sylvia Plath, 1932—1963），两任美国第一夫人南希·里根（Nancy Davis Reagan, 1921—2016）和芭芭拉·布什（Barbara Bush, 1925—2018），能成为这些名人的校友是一件很光荣的事。最近，我在校刊上读到，在第二次世界大战的时候，史密斯学院是美国海军的谍报培训中心，有200多名校友参加了战役。

史密斯学院的本科教育侧重培养学生的综合素质，非常适合留学生的过渡。其师资的精良程度远远超过一些侧重研究的常春藤大学（Ivy League）。比如，史密斯学院的教学工作都是由持有博士学位的教授亲自担任，而许多大学则由研究生辅助教学。再比如，史密斯学院采用小班教育，还针对学生的特别需要设置一对一课程，这是很多综合大学无法做到的。我在读书期间，除了"世界艺术史"是一年制的大课外，其他所有的课程都是小班制，一个班不超过12个学生，确保每个学生都能得到教授的指点。我的导师曾经为我开过一对一的课程，以弥补我的专业欠缺。和中国的大学教育不同，美国大学生在一年级、二年级接受的是不分专业的基础教育，在三年级的时候选专业。无论是什么专业，每个学生必须修完规定的7个领域的学分才准许毕业。这种广博的人文教育的学分制很有远见，因为这些科目的设置把不同背景的学生提到了几乎等同的起跑线上，让学生有拓展个人兴趣的实力。

记得在本科选课的时候，我按照学院的规定选了4个学分的必修课：东亚艺术史、世界艺术史、英美文学、摄影绘画、英文写作等。可让我感到奇怪的是，我还必须选修一个学分的舞蹈、骑马或高尔夫球课，才能具备毕业的条件。因为孤陋寡闻，我不懂设置这种选修课的目的，向同学抱怨这些课程学而无用，浪费时间。同学们告诉我说，史密斯学院的传统是培养有修养、有气质、有能力的淑女，这些"雕虫小技"是出入主流社会的必备技能。为了能顺利毕业，我勉强选了舞蹈课——骑马和打高尔夫球需要置装费。舞蹈课期末考试有独舞或写一篇有关舞蹈的论文两种方式，我太笨，乐感不好，不敢在同学们面前出丑，只好写了一篇论文通过了这个科目。多年过去了，我依然记得我学跳舞时的蹩脚和舞蹈老师的摇头。虽然跳舞至今依旧不是我的强项，但在音乐声中手舞足蹈已经变成了我的习惯。

史密斯学院的学生大都在毕业后成为各行各业的主力军，有的到一流大学的研究生院去学习医学、法律或商业管理，有的考入其他大学攻读人文学科的硕士和博士学位。据称，有不少美国诺贝尔奖得主在本科时接受过良好的人文学科教育——美国人很看重人文学科的素质教育。对于一个来自教育发展不平衡的中国留学生来说，能到美国最好的文理学院接受本科教育是天大的福气，因为受到高质量的文理教育是成功的基础。

（3）

如同那条在日本园林中曲曲折折地延伸在密林里的窄窄的石径，史密斯学院总是在不经意之处展现她的细腻和多姿。史密斯学院为留学生设置的"姐妹对"活动一直感动着我,为新留学生设置的"大姐计划"(Big Sister)是学院对留学生的关怀措施之一。因为是一所女校,不论年纪大小,先入学的学生是大姐,新生是妹妹。刚到美国的时候,因为英文不好,看着漂亮的校园和亲切的教授及同学,我恐惧万分,不知道如何开始我的留学生活。因为有导师的帮助,选课不是最大的难题,最难的是选好了课后不知道上课的教室在哪个楼。教室遍布校园,上课的学生需要按课程的编号和教学楼的名称找到自己的教师和教室。我找不到可以帮忙的同学,因为每门课的同学都不是固定的,有本校的新生或高年级的学生,有来自其他学校的学生,甚至会有研究生,很难建立友谊。因为不适应美国的教育体制和授课方法,我在开学的第一个星期必须仰仗"大姐"的帮助学会照顾自己,进入正常的修课状态。

我的"大姐"是一个三年级的美国文化研究专业的学生,叫贝卡,刚满20岁,人长得漂亮,非常友好和贴心。怕我迷失方向,贝卡每天会把我送到我的教室后再去上课。吃饭的时候怕我孤独,她会在饭堂等我一块吃晚饭。逢年过节的时候,她会在我宿舍的门口放下小礼物或小卡片,表示关心。贝卡陪我到银行开户,教我写出第一张支票,教会我如何换硬币以便到宿舍楼地下室洗衣房洗衣服。一个学期后,我不但在专业和写作上大有长进,而且适应了美国的学生生活,不再是一个满眼恐惧的新生了。后来,我自己也做了一次"大姐",把自己得到的恩惠传递给外国新生。我非常难忘美国同学无偿付出的精神。

本科课程的设置如同园林石径上的每一块石头,看似不经意,但是它的放置都经过了深思熟虑的设计，为的是让每块石头都能找到最适合自己的地方。读书也是一样，导师的用心和学生的努力是相辅相成的，和教授们的平等互动让我耳目一新。我在留学期间的最大感觉是教授们的友好乐观，他们不会因为你成绩差而嫌弃你。我的起点落后很多，学院本科教育的扎实和贴心，给了我赶上同学的自信和机会。只要学生愿意努力，教授们都会不遗余力地支持和引导。刚到美国的时候，我很不适应美国的互动教学和教授对学生的松散管理模式，上课的时候很紧张。因为问题太多，教授们的要求不一样，我有点应接不暇，害怕成绩不好会影响来年的奖学金。而且因为英文不好，说话口音太重，我不敢在课堂上发言，尤其害怕演讲自己的论文。上课的时候，我总是坐在离教授最远的位置以求躲开教授的视线，对被老师抓起来后的语无伦次感到恐惧。

可是，学院是小班教育，一个班最多不会超过12个学生，老师和学生坐得很近，根本没有地方躲藏。同时，老师知道每个学生的名字和专业，谁都躲不开老师的目光，上课不说话的学生尤为显眼。有的老师看到了我的恐惧，不会主动把我抓出来发言，但一定会在期末成绩中扣参与分。靠奖学金读书的学生往往会担心期末成绩影响到奖学金（fellowship or scholarship）的分配。按规定，拿助学金的学生必须保持每门功课的成绩优良（B+），申请研究生院的学生需要优秀（A/A−）的本科成绩，才能进入一流大学的研究生院并拿到奖学金。没有奖学金，我的求学生涯也会就此终结，所以我非常焦虑，在开始的两个星期经常失眠，精神状态很不好。玛莉琳教授注意到了我的黑眼圈，在问明原因后，决定亲自为我辅导。

教授提醒我，学艺术史的人需要在口才和文笔上胜人一筹。教授说，到大学教书或到博物馆工作，头脑清晰、反应敏捷和讲话有条理是从业者的基本素质，而博士学位代表的是专业水平。为了帮助我克服课堂发言的恐惧，教授会在她的课堂里多次点名叫我谈看法。刚被叫到的时候，我硬着头皮结结巴巴地解释我的意见。在我说完后，不管对错，教授都会叫同学们鼓掌鼓励。我不记得自己是不是答非所问，但是同学们的宽容和理解给了我勇气。导师鼓励的眼神和同学们真诚的掌声让我一度相信自己没有想象的那么糟糕。除此之外，教授每个星期会花两个小时带我到艺术图片室练习口语对话，让我用英文总结每节课的内容。在听的时候，她会帮我梳理英文句子，纠正发音和不好的讲话习惯。当我需要演讲论文的时候，教授会把她的本科生集中起来当我的听众，让我练习演讲和回答提问。就这样，我终于克服了对演讲的恐惧，可以用流利的英文谈我的观点。更让我感到安慰的是教授一直在无微不至地关心着我的进步。在第一学期的时候，我的学习成绩每得一个A，教授都会请我吃饭，以示庆祝。在期末考试后，她都会和先生央·瑞教授一起专门到北汉普顿请我吃日餐以示鼓励。

现在，我感到非常庆幸，小班制让我得到授课教授亲自指点的机会，让我很快找到读书的窍门，理解了艺术论文的要求和文科对写作的要求，由此逐渐找回了读书的自信，培养了自己的综合素质。就这样，史密斯学院的本科教育、贴心的"大姐"和有爱心的导师使我由一个惊恐万状的中国留学生变成一个在年终荣列校长荣誉名单的优秀学生。

(4)

在史密斯学院学习英文写作的过程让我感慨不已。学习英文写作如同在史密斯学院的日本园林中散步一样，需要的是用心和耐心。如同每次到园林散步，我会把一片树叶、一块小石子或一朵小花带回宿舍一样，我在读本科的时候也是一点一滴地学习和积累英文写作的技巧。如同在园林中捡回的不起眼的小东西让我开心一样，在英文写作上的步步推进带给我同样的惊喜。如同在石径中散步、顺着路标走出密林一样，我在和教授的沟通中理解和完善自己的写作。原想英文写作应该和中文写作差不多，在动手的时候才发现中文的写作习惯完全不符合英文写作的规则。刚开始的时候，因为不习惯英文写作的规则，不理解论文的要求，不会设计写作大纲、收集材料、提炼重点，面对教授的命题，我有点在石径上迷路的感觉。通过学习，我发现从选题、思维方法、论证结构到结论陈述，中英文写作是大相径庭的，终于承认我不会英文写作。我尤其把握不好英文的推进思维和过渡性的结构特点。因为对于文科学生来说，写作的要求高而且分量重，我在第一学期真的是叫苦连天。可我明白文笔好是文科学生的生命线，我必须把被动应付论文变成主动研习英文写作，充分利用学院的资源和授课教授的诲人不倦，提高自己的写作水平。

导师说，只要肯花工夫，英文写作是可以学好的，此话千真万确。我英文写作的"第一老师"是学校在入学第一天发给学生的写作手册。可以说我是把这本书翻烂了，懂了一些皮毛，可应付不了专业课的写作要求。因为各门功课的题材多样，教授的要求不同，我常常对着论文题目发呆。看到我的焦虑不安，导师提醒说学习的快捷方式是学会利用学校的资源，建议我试试文学系主持的写作辅导中心。这个中心由本系的教授亲自坐镇，为需要帮助的学生提供写作辅导。在学生拿到论文的命题和要求后，教授会一对一地辅导学生完成审题、构思和制订写作策略。在学生完成初稿后，责任教授会把学生交给一个写作好的、专业接近的高年级同学帮助润色，直到被辅导的学生把论文交出去为止。在第一个学期里，我是到写作中心最勤的学生。文学系的玛丽教授是我的辅导老师，参与了我每篇论文的准备。我第一次到写作中心的时候，为了缓解我的紧张，玛丽教授像聊家常一样了解我的专业、研究兴趣和写作风格。待我的情绪平稳之后，我们才开始讨论论文的题目和授课教授的要求。教授不仅耐心而且细心，对外国学生的写作弱点抓得很准，为我制订了一套严密的训练大纲。在玛丽教授的指点下，我学会了撰写各种形式的艺术论文，每篇专业课论文都得到了A或B+的好成绩。看到我喜欢艺术评论文体，玛丽教授强调说，"写这种文体的重点是要让读者听到你的声音，对你的分析服气，接受你的观点，要学会用理解的角度、有条理的思维点评艺术的表现形式，把画家的创作心思看准写透是成功的关键"。

在我以写艺术评论为职业的今天，每次动笔之前，我都会想到玛丽教授的教诲，让自己的评议在犀利中不失中肯。后来，我研习了许多重要的艺术评论家的经典作品，把完善自己的写作作为专业突破的重点。每当我完成一篇专家意见报告的时候，我都会想起玛丽教授的提醒，反复审核我的作品，力求意见得体。如同漫步在那条环绕天堂湖的林荫石径上一样，我在史密斯学院熟悉了英文写作的大川和小溪，取得了真正的进步。

　　母校史密斯学院把我训练成了一个有头脑的职业女性。学院老师们的教诲和指点是我审核自己作品质量的标准。我感谢母校的慷慨，让我这个来自中国大西北的、1979年的高考落榜生到美国接受最好的本科教育。我感谢导师玛莉琳教授和玛丽教授的指导，奠定了我攻读博士和实现自己的事业梦的基石。我更感谢那条走过无数次的石径对我的启发，给了我翱翔事业蓝天的自信。

密歇根湖

  到紧傍密歇根湖的美国西北大学读博士可能是我的宿命，因为母亲说水是我的朋友，只要靠近水，命运就会关照我。母亲的话没错，求学西北大学确实改变了我的人生，给了我很多机会。

  美国西北大学坐落在伊利诺伊州东北部的埃文斯顿市，是一所世界顶尖的私立研究型名校。皇家紫色是西北大学的校色，野猫是西北大学校队的名字。我和西北大学是有缘分的，因为高贵典雅的紫色是我的幸运颜色。在申请博士研究生之前，我没有在意过西北大学的排名，只知道它是所好大学，那里出来的学生容易找到好工作。在读书的时候，我只想尽快完成学业，拿到博士学位，开始自己的美国梦。毕业后，因为常常听到身边的中国朋友谈到美国大学的排名，我开始留意西北大学的信息。出于好奇，我在网络上搜索了一下中国民众对美国西北大学的认可度，查到的消息让我吃惊。百度介绍说，西北大学是美国最富有的10所大学之一，是十大联盟（Big Ten）的创始成员，北美顶尖大学学术联盟美国大学协会（AAU）的成员之一。在2018年泰晤士高等教育（Times）世界大学排行榜上位列第二十位。西北大学有19位诺贝尔奖获得者，38位普利策奖（Pulitzer Fellowship）得主。而且，西北大学以严格录取出名，其录取中国留学生的录取率低于1%，位列美国录取率最低的学校之一。表面上看，我选择美国西北大学好像有点眼光，其实，学校的排名和名人榜并不是我决定到西北大学的原因，尽管我承认密歇根湖对我很有吸引力。

我选择西北大学是因为学校慷慨的奖学金。在申请博士研究生的时候，我最关心的是奖学金或助学金问题。尽管自己的本科和硕士成绩优秀，但我不敢报考哈佛、耶鲁、普林斯顿和伯克利大学，因为我怕与强手的竞争会让我输得很惨，错过读博士的机会。我申请的学校都是有把握的除常春藤外的非常好的私立学校。拿到西北大学的学院助学金（University Fellowship），也就是全额奖学金，是在计划之中的。这是一种金额最高、竞争最激烈的非服务性奖学金，只有成绩最优秀的学生才有资格获得。拿到这个奖学金的学生不需要工作，因为奖学金除了免除学费、杂费、住宿费、保险费、书本费外，还给学生一定金额补助个人消费。次一等的是助教奖学金（Teaching Assistantship），免除学费和杂费，但要求学生每周参与助教工作12~20个小时以支付住宿费、书本费和个人消费，工作内容包括给本科生上课或做辅导。对学艺术史的学生来说，做助教对提高英文口语、积累教学经验很重要，但我不希望在第一年做助教，因为到新学校的第一年是关键过渡期，熟悉学校环境，调查研究资源，了解系里的结构、教授的专长和博士毕业的标准都很费时间。如果第一年顺利，后面的几年都会顺利。所以，能得到慷慨的助学金是我选择美国西北大学的原因。

能在密歇根湖畔读书是一种很好的体验。校园紧靠密歇根湖，与高楼耸立的芝加哥市相望，无论是白天还是黑夜，湖畔的幽静都给散发着浓郁都市气息的埃文斯顿市增加了一丝迷人的忧郁。晚上站在西北大学的湖边瞭望灯火通明的芝加哥市，让人有一种宁静幽雅的感觉。然而，因为房价昂贵、房租很高，大多数博士研究生是在埃文斯顿住不起的。想住得宽敞一点的研究生都选择住在紧邻埃文斯顿的芝加哥市北区或芝加哥市区。因为有加夜班和不喜欢被打扰的习惯，我也只能向北找房住。当听到同系的同学讲他的公寓可以在夜深人静的时候听到密歇根湖的波涛声的时候，我激动万分，马上锁定了要住在那栋公寓楼。尽管每月的房租比不靠湖的同类公寓贵200美金，我仍决定要奢侈地享受一下美丽的密歇根湖。刚刚住进公寓楼的时候，因为学业繁重，我没有时间体验眼皮底下的密歇根湖。即使公寓楼有供住客专用的湖滩，我也没有下过水，但我很享受湖畔夜晚的宁静。

湖水拍岸声中的夜读和开窗眺望的情调让我忘记辛苦。夜深人静的时候，我喜欢打开靠湖的那扇窗口，用扑面而来的潮湿和凉意缓解一天的疲乏。因为安静，对着湖面做简单的健身操时，或是构思研究课题、设计调查策略、撰写论文时，我总有一种拥有整个世界的富有感。周末的时候，打开窗户，背对着湖盘腿坐在沙发上，看书或批阅本科生的作业和考试卷也变得可以忍受。心情不好的时候，沿着湖边走一走，吸入一口新鲜空气，对着湖面大喊两声很爽气。我最享受的是骑单车到学校上课的感觉，迎着湖边的清风奋力踏车是一种免费的锻炼，更是一种忙中偷闲的享受。到芝加哥的第一年，因为没有买车，我每天沿着湖边骑脚踏车到埃文斯顿的校园上课，单程需要45分钟左右。有的时候，因为忘记带雨衣，我被大雨浇成落汤鸡。有的时候，我需要顶着风推着单车蹒跚上坡，样子很狼狈，冷得上下牙齿直打架。后来因为女儿的来美和入学的需要，我不得不从芝加哥北区搬到了埃文斯顿市内居住。尽管依然是独居，环境也算幽雅，但我失去了享受密歇根湖清风扑面的机会。我很想念密歇根湖的陪伴，但无暇到湖边散步或想心事，因为从公寓到湖边需要步行20分钟左右。

　　密歇根湖的陪伴给了我坚持到底的勇气。刚到西北大学的时候，我不太适应学校的季度学制（quarter system）。东部的史密斯学院用的是每年两个学期的学制，当发现我需要在西北大学一年的三学期中应付12门功课的时候，我叫苦连天，而博士研究生的助教工作更让我有压力。在第二年当助教的时候，我几乎没有自己的时间，因为印发教学大纲、准备幻灯机和幻灯片、小班复习、批阅本科生的考卷和论文几乎用光了我所有的时间。我每天最多只能睡5个小时，用醒着的全部时间工作、学习和照顾10岁的女儿，依旧感觉时间不够用。因为缺乏睡眠，我曾经在开车的时候抱着方向盘睡着了，以致酿成车祸，险些丧命。也因此，我至今不喜欢开车，更不愿上高速。

尤其是在助教自己不熟悉的专业时，我更感到吃力。我的专业是亚洲艺术史，可我助教过当代艺术、20世纪欧洲艺术、文艺复兴时期的意大利艺术、北欧的宗教艺术和非洲艺术。我是在通过专业考试取得博士候选人资格之后才开始教授亚洲艺术的。更为雪上加霜的是，系里为了让本校的博士生在就业市场有竞争力，博士候选人需要考核通过与本专业没有关系的第二专业的教授资格，才可提交论文提要。我的第二专业是14世纪的北欧艺术。说来惭愧，博士毕业多年后，我几乎忘光了第二专业的基本历史结构和重要的画家名字。在美国西北大学的这几年是我读研最艰苦的阶段，读书、教书和养育女儿的压力非常大。工作的压力意味着我需要花费更多的时间准备教学。在那段时间里，我体验到了单亲妈妈的不易和坚持的可贵。因为心里苦，没有地方倾诉，我养成了周末到密歇根湖边散步的习惯。有的时候工作不顺心或心情不好，我也会来到密歇根湖边，对着湖水悄悄地流眼泪。密歇根湖的默默陪伴给了我战胜困难的信心。

密歇根湖伴我度过了难熬的人生低谷。在读博士期间，我在两年里先后失去了母亲和父亲。因为是事后知道，我没有回家送父母最后一程，以致终身遗憾。母亲去世的时候，我在准备博士资格考试，知道消息后也只能把悲痛压在心里，因为我不想看到同情的眼神，更不想延期毕业。父亲去世后，我没有把坏消息告诉导师和同学，而是咬着嘴唇像什么都没有发生一样继续上课、教书或辅导学生。细心的朋友们发现我话少了许多，看到我含在眼中的泪水，同学们会善意地问我是不是需要帮助。我自己知道，没有人可以帮我，因为心中的悲愤像翻腾的火山一样随时可以爆发。在白天，我可以装得若无其事，可最难熬的是夜晚。我失眠，无心做研究，无心写论文，无心看书，经常躺在床上看着屋顶发呆。有一天晚上，因为睡不着，我披上风衣，步行到湖边看湖景想心事。夜深人静，湖边除了零星的居家灯火，寂静的埃文斯顿沉睡在一片黑暗中。灯火闪烁的芝加哥市似乎无法减轻黑暗带给埃文斯顿的沉重。以前从来没有在深夜出来看过湖景，没有想到黑夜会给亮丽的密歇根湖带来如此的忧郁。也许是心情不好的原因，密歇根湖湖水拍打堤坝的声音在我的耳边变成了低低的抽泣声，让我有被安慰的感觉。

幽幽的密歇根湖和沉睡的埃文斯顿陪我流泪。因为欠父母的太多，我很伤心。多少次，我在心里恳求父母原谅我的不孝，恳求老天爷严惩我的不尽心。我渴望被惩罚，用肌肤的疼痛化解我心中的悲伤。我对自己的自以为是感到羞愧，认为自己是一个懂大孝的人，可我没有力气再强装坚强。面对幽静的湖水，想到父母没有最后看到我，眼泪像开了闸门的洪水一样冲了出来，我哭了很久。密歇根湖在一声不响地听我哭泣，轻轻的湖浪声似乎在同情我的伤痛。哭累了，我顺势躺在了湖畔上，闭上了眼睛。突然间，天上下起了雨，雨不大但很密，掉在身上软绵绵的。我依旧躺在湖边，不想起身躲雨，任凭雨水淋湿我的头发，落到我的脸上，和着泪水流入我的脖颈，湿透我的内衣。不知道哪个是雨哪个是泪，我听凭雨点肆无忌惮地落在我身上，抽打我的脸颊。雨停了，天也快亮了，我感到畅快，因为突然降下的大雨回应了我的悲哀，给我一种被理解的感觉。我的衣服湿透了，开始发冷发抖。我得了感冒，发烧了整整两天，病了一个星期才好转。这次生病让我心里一热，感谢老天爷的体谅和对我的惩罚。生病带给我一种难言的快感，让我有一种赎罪后的轻松。再次回到校园的时候，我吃惊地发现自己已经不像几天前那样为父母的逝去和自己的缺席难过了，可以集中精力工作和学习了。尽管我不知道是什么力量让我走出了伤痛，但我相信夜访密歇根湖起到了关键的作用。

  密歇根湖是我在最孤独、最无助的时候让我做自己的地方。我不会忘记密歇根湖的体贴，湿风潮意的拂面；不会忘记那个下雨的夜晚，哭泣的密歇根湖和那场感冒。离开校园17年了，多愁善感的密歇根湖依旧是我留学生活中的亮点。

蓝色奶酪

每次看到蓝色奶酪（blue cheese），我都会想起芝加哥的马汀和露西，一对对我呵护有加的美国夫妇。

（1）

马汀和露西是我在西北大学读博士时的"美国父母"（foster parents）。马汀是一位著名的建筑设计师，在芝加哥很有建树。露西是家庭主妇。夫妻俩有一儿一女，但是儿子在外地，不常回家，女儿已过世，家里没有小孩子。也许是寂寞或怕冷清的原因，马汀退休后响应美国西北大学校友会的召唤，自愿为学校的外国留学生提供家庭服务。具体的做法是：每个留学生在抵达学校之前会有一个自愿的美国家庭帮助这个学生过渡留学初期的不便，顺利地落户芝加哥。"美国父母"会到机场接机，帮助学生搬家、买家具、买食品，照顾学生直到学校开课。开学后，有的"美国父母"愿意继续帮助他们的学生客，经常邀请他们在节日期间到家里吃饭，以免学生想家。马汀夫妇收留了很多来自中国和非洲的留学生。

到西北大学之前，我已在史密斯学院拿到学士和硕士学位，不符合外国学生配对美国家庭的条件，所以我不是学校分配给马汀夫妇的学生客，认识他们纯属偶然。我的一位来自非洲的名叫南地的同学，与我在同一个系，他是学非洲建筑史的，和马汀是同行。他是几年前学校分配给马汀和露西的学生客，关系非常亲近。看到我在埃文斯顿孤苦伶仃，南地把我介绍给了马汀和露西，加入了他们的大家庭。马汀家有10余名学生客，而我是学生客中唯一的女生。马汀夫妇对他们的学生客照顾得很用心。因为我和他们去世的女儿年龄相仿，马汀和露西对我格外关照，到马汀家打牙祭是常有的事。

马汀和露西住在芝加哥附近的一个叫哥林克的地方。当地的人把这个地区叫富人区，因为这里的房价非常高昂，住在这个地区的人都是富有的成功人士。马汀的房子是自己设计建造的，不算豪华但很温馨，小庭院尤其别致。马汀把庭院打点得有声有色。每棵树、每块石头、每种花草的位置，以及园中低矮的小坡都是刻意设计的。因为露西喜欢看鸟，马汀亲手做了一个漂亮的食盒挂在树上。每次到马汀家，露西都会告诉学生客，什么样的鸟曾经光顾过她的小院，停留的时间是多长。马汀很喜欢带新来的学生客到芝加哥市兜风，帮学生辨认方向，讲解芝加哥的历史、城市规划和他为芝加哥设计的建筑群。他最喜欢讲1937年发生的芝加哥大火和大火后的重建。在行驶中，马汀会指着经过的建筑群告诉我哪一栋是他设计的。我至今仍然记得当年马汀讲话时的那份骄傲。

和马汀夫妇结识后，鼓励我吃奶酪就成了他们的计划。

（2）

我第一次吃奶酪是在芝加哥的马汀和露西家。

美国人喜欢奶酪，也知道自己的口味，说起奶酪都是一套一套的，让人有应接不暇的感觉。在款待客人的时候，摆上多种奶酪、腌制的橄榄和干果让客人选择，是正常的美式待客之道。刚到美国的时候，我不懂奶酪，更不知道哪种口味适合我。有的时候，我甚至讨厌奶酪的味道。每次参加集会或到老师家做客，看到奶酪的时候我都会紧张，怕自己出丑。在史密斯学院住校的时候，我讨厌奶酪如同头疼牛排一样强烈。加上肠胃不好，我挑食，很不适应住校的饮食。第二年搬出宿舍到校外住后，我也是以中餐为主，不大接触奶酪。

搬到埃文斯顿后，我加入了马汀的大家庭。为了给学生客改善生活，马汀和露西会找各种借口举办家宴，准备很多的食物让大家放开吃。马汀看我吃得很少，很挑食，不碰奶酪，有点担心我的营养。为了鼓励我尝试，马汀给我示范如何把奶酪放在饼干上吃。露西则坐在我的身边，向我解释不同奶酪的产地、历史和口味。露西悄悄地告诉我，读书很辛苦，奶酪是很好的营养品，不习惯可以慢慢来。露西一边说一边把小块不同口味的奶酪放在饼干上，指点我搭配煮好的大虾吃，看看合不合胃口。因为了解中国人不吃奶酪的生活习惯，马汀和露西认为应该从口味最轻的奶酪学起，向我推荐了蓝色奶酪。出于礼貌，我试了两块，觉得蓝色奶酪比较清淡。它软硬适中，白色间夹着一条或数条浅浅的蓝色的东西，好看又好吃。

看到我愿意吃蓝色奶酪后，马汀和露西高兴极了。露西说："谢谢上帝，我们总算不会饿着薇了。"

此后的家宴，不管主食是什么，餐前的点心一定有蓝色奶酪。为了照顾饥饿的男同学们，马汀和露西会准备大量的牛排和德国香肠，也会准备海鲜和水果让我开心——他们注意到我喜欢吃海鲜而不喜欢吃肉类。在埃文斯顿读书的三年，我参加过许多次马汀的家宴，感到被照顾的温暖。我常常想，即使是亲生父母，能做的也大概就这么多了。在穷困潦倒的时候认识善良热情的马汀和露西，让我艰难的求学生活好过了很多。

（3）

在贫困的时候得到家人的照顾是一种很幸福的体验，可是我的家人在中国，不能有这份奢侈。马汀和露西的照顾让我在异国他乡也有了被家人陪伴的感觉。刚到埃文斯顿的时候，我的全部家当是两个行李箱和同学送的一张床垫、一张小书桌和一盏台灯。看到我的公寓什么都没有，马汀非常着急，马上开车到二手家具店为我买来了床架、沙发、茶几、书桌、椅子和锅碗瓢盆，帮我安顿下来。看到买的二手沙发有点旧和脏，怕我嫌弃，马汀还很快回家亲手为我的沙发垫子做了新套子。他说，女孩子爱干净，新的好看多了。知道我喜欢喝茶，露西特地买了一个烧水壶给我。看到马汀和露西忙得不可开交，一趟一趟地把东西送到我的公寓，我落泪了。在短短的一个星期后，我在埃文斯顿有了一个简朴温馨的家。看到我可以正常生活后，他们才放心地离开。后来露西告诉我，为了给我做垫子套，马汀翻出了多年不用的缝纫机，加班了两天才完工。我没有想到马汀还有缝纫的手艺。

　　马汀和露西的无微不至让我体会到父母般的关怀。开学后，因为学习紧张，且工作量大、没有车，我在很长的一段时间里没有拜访马汀和露西，也没有参加他们的家宴。买了车后，因为从埃文斯顿到芝加哥来回需要一个半小时，我又舍不得时间而推托了他们的多次邀请。拒绝的另外一个原因是不忍心让上了年纪的马汀和露西为照顾学生客忙前忙后。可马汀和露西没有因为我的缺席而忽视我的存在，执意把关爱送到我的身边。在我准备博士资格考试的那一年，因为很久没有看到我，马汀和露西很担心。当电话不能说服我赴宴的时候，马汀和露西带着我喜欢的水果、蓝色奶酪等食物到埃文斯顿看我。为了不影响我的工作和安排，他们每次到了以后给我一个拥抱，放下东西就走，连一杯水都不肯喝。看到我很疲劳，他们会在周末拽我到植物园散心，因为他们知道我喜欢植物园的雅静。不管我如何推托，马汀每两个星期一定会来埃文斯顿，给我送食品或家里需要的东西。很多年过去了，每每想起马汀和露西，我总感到被父母疼爱的幸福。

马汀和露西像家人一样关注着我的成长。为了帮我通过法语资格考试，马汀会放下手中的工作特意开车到埃文斯顿给我补习法语。每次出国旅游，夫妇俩都会给他们的外国孩子们买礼物。我至今保存着马汀在土耳其给我买的红色大披肩和在西班牙买的用土布做的双肩包。当我参加全美优秀博士研究生竞赛，得到美国华盛顿高级视觉艺术中心的梅伦奖时，马汀和露西送了鲜花以示庆祝。当我决定在新泽西普林斯顿结婚时，他们专程赶来以娘家人的身份贺喜。在我博士毕业时，他们参加了我的毕业典礼，并请我吃大餐以示庆祝。当我一步一步实现自己的梦想时，马汀却辞世了。不知为什么露西没有通知我，我至今仍有受伤的感觉。朋友南地解释说，露西不想大张旗鼓，只想早一点让马汀入土为安，所以没有通知在外地的学生客。因为错过了为马汀最后送行的机会，我备受煎熬，为自己对马汀和露西的不用心感到内疚，后悔没有花时间陪伴和关心这对为我做了那么多的"美国父母"。为了赎罪，我和先生每年都会专程到芝加哥拜访已经搬到养老院的露西，带老人到她最喜欢的植物园散步，请她吃喜欢的东西，周末的时候陪她煲电话粥。我对没有为他们做得更多感到内疚。

（4）

蓝色奶酪是我在美国第一次尝试的奶酪，也成了我吃得最多的一种奶酪。毕业后回到了东部的普林斯顿，我依然钟情蓝色奶酪，每次吃到它，我都会想起马汀和露西。每次看到蓝色奶酪，我的心中都涌出一份感激。蓝色奶酪是让我在异国他乡感到温暖的食品。

现在的我很喜欢吃奶酪，而且有了自己喜欢的口味，但自从马汀去世后，我不敢再碰蓝色奶酪。在超市买东西的时候，我也会避开蓝色奶酪，怕自己会哭，因为蓝色奶酪提醒着我对马汀的内疚和做人的不周。马汀和露西为我的付出远远超过了我的家人。他们出现在我最落魄的时候，照顾和陪伴我，让我在孤独的留学生活中体验到家的温暖和父母般的呵护。可是，我却只顾忙自己的事而忽视了他们的存在，现在只能对着蓝色奶酪流泪，因为它带有马汀家的味道。

创业

中国留学生在美国创业，是一个很有人气的话题。如果成功，父母家人有了炫耀的资本，亲朋好友有了羡慕的焦点，创业者本人也会心情舒畅且很有成就感。以前我没有太在意在美国创业有什么特别，因为在我看来，创业是个人的职业选择，没有必要吸引他人的眼球。后来，我才发现中国留学生在美国创业的话题比我想象的要有意思，因为，打破常规行为本身就是一件很有个性的事，不是人人敢做的。仔细想想，关注留学生创业是社会的情感需求，因为人在自己想做而不能做的时候，读读他人的故事也有安慰的作用。我就是这种需要靠别人的故事来安慰和鼓励自己的人。

我是在美国创业的一个老留学生，因此对中国留学生在美国创业的话题感兴趣。2005年我博士毕业后，在新泽西州的普林斯顿创立了一个以中国艺术为主的亚洲艺术咨询和评估公司,至今已有15个年头了。无论是从年龄、身份还是专业上看,我都符合文科博士在美国创业的中国留学生的标准。从1995年踏上美国国土到2005年创建自己的公司,我经历了漫长的留学和创业的艰辛考验,并坚持到了最后,取得了中国留学生在美国创业的成功。

一次偶然的网上闲逛,把我带到了陈一佳主持的第十期《创业美国》的节目。节目讲述了两个中国留学生在美国创业成功的实例,采访的主人公是21世纪留学美国的年轻人,他们是电子时代的创业者。作为过来人,我敬佩这些年轻人的勇气、胆识和成就;可我没有特别的感觉,因为他们的故事不是我这代人的故事。出于好奇,我开始用中文搜索有关20世纪90年代中国留学生在美国创业的故事。也许是我的调查只是蜻蜓点水,我没有找到符合条件的创业故事。我不甘心,又用谷歌在英语世界搜索了类似的报道,但结果同样令人扫兴。不知道从何时起,我们这批出生于20世纪60年代在20世纪90年代到美国的自费留学生从媒体中消失了。也许是小心眼的缘故,我再次观看了陈女士的访谈节目,希望能了解节目制作人的意图。我想搞明白她跳过90年代的老留学生的理由。

在看过几期陈女士的访谈录后,我发现了3个特点:首先,她采访的都是在21世纪到美国留学的年轻学生。其次,她采访的对象大多是从事时尚、金融和法律的学生。最后,她采访的对象中没有文科学生,学美术专业的学生也是凤毛麟角。不错,我们这一代到美国的中国留学生已是中年人了——不是已退休的爷爷奶奶辈,就是徘徊在退休门前的壮志未酬群,不会作为新闻的焦点是顺理成章的，可我有点失落。我在想，如果没有人写下我们这一代人的故事，也许我们就真的被历史彻底淘汰了；但我们存在过，奋斗过，是有故事的一代人。我不甘心如此地"灭亡"，想讲出自己的创业故事，给我们这一代人添一点彩。

（1）

创业行为源自我对自己的体恤，因为我想为自己活一次。

和国家公派生不同，自费留学生是需要完全靠自己的群体。读书的辛苦远远超过我的想象，生存的艰难曾让我质疑自己的选择。在留学期间，我不敢回头看自己走过的路，甚至怀疑过自己是否能坚持到最后。那种天天苦、时时累的留学生活，让我回想自己的背井离乡和10年的含辛茹苦；我不能忘记品尝过的贫穷、体验过的蔑视和求生中的无奈；我不想在博士毕业后继续委曲求全，不想在拿到博士学位后为五斗米折腰。我想在博士毕业后对自己好一点，做一份自己喜欢的工作。所以，获得博士学位后，我认真地考虑了自己的感受，希望能靠能力创造一个适合自己的未来。

选择在美国创业，既考虑了自己的感受，也是为了突破自己的就业之围。因为生性腼腆，不愿在人多的地方讲话，不喜欢站在讲台上的感觉，所以在博士毕业后，我很抵触当教授。我曾考虑过到艺术博物馆做亚洲部主管或到拍卖行做专家，可我嫌弃这类工作的行政职责，尤其是要和有钱人周旋，让我想起来就头疼。同时，我已经结婚，不想与先生分居两地。

博士毕业前，我在普林斯顿大学艺术图书馆做中国艺术图书编目工作，负责提高艺术图书馆的存书数量和更新质量。这是一个半研究性、半服务性的工作，为的是让普林斯顿大学能在美国大学的排名中以图书馆藏书的数量和质量占据优势。普林斯顿大学图书馆的编目工作都由博士担任，我不算屈才。然而，我认为审阅、丰富和更新馆藏的中国艺术图书的工作根本不需要经过博士生的训练就可以做得很好，我感到无聊，也感到没有发挥我的能力。我不愿意把自己的时间和精力放在一份没有挑战性的工作上，所以，在坚持了两年半后，就选择了辞职。这样的心态缩小了我的就业空间，我只能跳出盒子想办法。

在美国创业是我深思熟虑的策划，因为我从来不冒险。我把调查市场看作准备的第一步，因为知己知彼才可以战无不胜。通过评估自己的优势和劣势，调查市场的需求，我定位了切入点和实施的步骤，对自己的创业很有信心。我的调查表明，艺术市场需要很多独立的、有专业实力的中国艺术专家和艺术评估师的参与。随着中国艺术在国际拍卖市场的劲起，需要特种专业人才的市场会越来越大，要求也会越来越高，完全符合博士创业的趋势。毋庸置疑，专业素质和服务质量会是这个行业的命脉；而我相信自己素质训练的深度和广度，专业的敏锐和文笔的犀利，都会成为我创业成功的武器。当我把艺术评估师或评论家作为职业目标后，提高艺术鉴别和评论的专业水平自然成为我完善的重点。

尽管创业的风险很大、前途未卜，我的理念很简单：既然做出了决定就不能退缩。然而，盲目创业是不可取的，因为不会打仗的人不配做将军。为了具备创业的资格，我把放下虚荣学习同行、从底层做起作为冲入市场的第一突破口。尽管除了先生外，没有人看好我的创业，认为我是在拿自己的前途开玩笑，但我仍一直相信自己的商业眼力、嗅觉和远见。我相信只要我肯虚心学习，就一定会具备在商言商的能力。我不在乎自己没有经过商学院的专业训练，也没有刘姥姥进大观园的好奇心，因为我相信自己的自学能力和做事的毅力。在想清楚了后，我开始周密策划我的创业蓝图，全力以赴为创业做准备。事实证明，有没有经商经验或商学院的学位不重要，因为周密的部署和策划完全可以揭开创业的神秘面纱。

在先生的支持下，我成立了一个以中国艺术为主的亚洲艺术咨询和评估公司，开始了我的创业历程。因为先生是美国公民，所以我很幸运，在创业的时候不需要为转换自己的学生身份而忧心忡忡。因为他是普林斯顿大学资历很深的教授，薪水很高，足够养活我，我没有就业的急迫和经济的压力。除此之外，我面临的是和所有创业者同样的挑战。

（2）

我创业的最大收获是我和我的公司一起成长。

因为常年在学校读书，我这个没有实践经验的学院派在创业初期遇到了很多需要马上解决的问题。最棘手的是没有开公司的经验，我只能摸着石头过河，边学边干。在筹备公司期间，我买来一大堆商学院的教科书自学商业管理，梳理创业理念和规范财务制度，修习了美国西北大学凯洛格商学院的管理课程、哈佛大学商学院的经典课，最终搭起了公司的架子。当稍稍清楚了自己应该做什么的时候，我充当起公司需要的所有角色，从注册公司到设计网站，从开拓业务到熟悉市场，我事事亲为。我甚至设计了自己的网站，因为花钱雇人设计的作品不但操作困难而且有长久被人控制的感觉。当我买来网站设计参考书，准备自己动手的时候，我觉得好笑，因为计算机语言是我读本科的时候最差的一门功课，学科成绩是我唯一得到的让我羞愧的"B"。我没有想到，这门功课却成了我创业初期的功臣课，解了我的围。创业后的前6个月，我每天工作14个小时左右，废寝忘食，比读书的时候还要辛苦很多。待公司步入轨道，开始正常运作之后，我才松了一口气，有了时间体验自己当老板的喜悦和责任。

在业务内容上，创业初期我把评估和咨询的服务局限在中国书画上，因为这是我读博士时训练的重点。

采用各个击破的策略，我打开了创业的局面。在开业的第一年，为了练手，我用低费服务去接触各种各样的艺术品和开发客户，包括为癌症患者和退伍军人提供免费的咨询评估服务。为了撰写有针对性的评估报告，我学习了美国保险公司的保险和索赔条款，以及国税局的税务规定、艺术法等条例，来规范自己的论证逻辑和评估行为，从而确保报告的质量、准确性和可读性。在创业的第二年，我把70%的时间用在研习私有财产的评估和鉴定法则上，30%的时间用来整理自己的评估笔记，为将来的著书立说做准备。通过不懈的努力和刻苦钻研，我的书画评估水平提高很快，有了看懂看透中国书画的真伪和好坏的专业直觉。当能轻松自如地评估中国书画后,我把注意力转移到了中国瓷器、玉器和佛教艺术的评估上,像春蚕吞噬桑叶一样小步伐地拓宽自己的专业领域。尽管依旧有很多的专业难题需要解决、更新和完善,但我已打好了事业的根基,拥有了走好未来的基础。毫不夸张地说,我在一线学到的中国艺术的欣赏和评估知识远远超过了我在研究生院的收获。在实践中把会的和不会的结合起来的职业特点给了我特别的满足,因为每解决一个难题都是新知识的积累。在能胜任基本的中国艺术评估后,我把重点转向了提高自己的评估水平上。

消除自己的专业弱点,是我创业的第二个策略。从原则上讲,学以致用是我创业的基础,但这不能证明我已具备职业评估师的专业能力。虽然学士学位表明了我在艺术鉴赏和研究上得到了基本训练,硕士学位说明了我在佛教艺术上的专业训练,博士学位证明了我在中国艺术史上的知识和修养,但是没有一个学位或证书能提供给我职业评估师的资格。而且,研究生院的训练侧重艺术的理论研究,与艺术评估的标准和方法根本不搭界,所以,我缺乏开展艺术评估业务的基础训练。更为沮丧的是,中国艺术史的经典理论在正常的评估工作中是没有用处的,因为一线艺术评估的重点是定真伪、辨好坏、看市场和估价值,靠的是脑力和眼力。只有在担任专家证人的时候,研究生院的理论训练才可以发挥真正的作用,因为把理论和实践结合起来的专家意见,是最有说服力的证词。除此之外,缺乏一线的实践经验让我感到心虚。在读书的时候,我访问过很多博物馆,看过很多中国艺术品,研究和评论过各种艺术品,可是，我没有论证赝品、点评市场或根据评估法则陈述自己的专家意见的职业评估师的能力。说实话，发现自己的"不能为"，让我这个刚出炉的中国艺术史博士很沮丧，因为我一直是成绩优秀的学生。

我不再自负，不再认为一个持有两所美国名校三个学位的博士就一定可以胜任中国艺术的咨询和评估工作。当明白学位不等于能力，自负不等于自信的时候，我迈出了做一个称职的中国艺术评估师的第一步。可喜的是，我有认知自己专业缺陷的心胸，愿意通过学习改善自己的被动局面。在明确了自己的欠缺后，我以勤补拙，把提高自己的评估能力作为突破的重点。在这个过程中，文科博士的可塑性、文笔好、思维敏捷和善于解决问题的专业优势，水到渠成地解决了我学习规范评估法和行业标准过程中的难题，让我转型成功。

（3）

在创业过程中，我越来越清晰地认识到，虚心接受专业培训是规范自己评估服务的有效措施。为了成为一个合格的职业评估师，我在2007年注册了纽约普莱特学院（Pratt Institute, New York）的评估师资格培训班，专修私有财产评估的理论和方法。在博士毕业后再回到学校接受专业训练，我有些不爽，几乎让虚荣蒙蔽了自己的认知。一年后，我通过考试得到了职业艺术评估师的资格证书，掀开了职业评估师的新篇章。这次培训让我有一种茅塞顿开的感觉，课程的内容回答了许多不确定的问题，很有操作性，因为讲课的老师都是经验丰富的、活跃在一线的资深职业评估师，有点师父带徒弟的味道。我对初时的不爽感到有点羞愧，深刻领悟了虚心向同行学习是提高自己的快捷方式的道理。职业评估师的资格培训让我看清了自己在管理上的漏洞和操作中需要改善的细节，为树立自己公司的声誉奠定了基础。研究生院的专业训练培养了我发现问题和解决问题的能力，而职业评估师的培训扫清了我在评估服务中的盲点和障碍，给了我在事业上更上一层楼的信心。

参加美国评估师协会（American Society of Appraisers）是攀登职业评估师高峰的第一阶梯。它是美国最大、最古老的评估师专业团体，由于它对职业评估师的专业水平和职业道德要求很高，因此它享有公众的信任，能够参与政府决策。我在创业后不久就注意到这个评估师团体的重要，因为被这个协会认证的资深会员很受业界和法庭的尊重。2009年，我加入了美国评估师协会，2010年通过考核获得了资深亚洲艺术评估师（Accredited Senior Appraiser in Asian Art）的专业认证。记得当协会要求我这个中国艺术史博士参加专业资格考试的时候，我虽行动上服从了但心里不爽。后来当我担任亚洲艺术专业的考官后，在评判申请人的专业考卷的时候才发现，协会对专业水平的考核的坚持是正确的，因为滥竽充数和指鹿为马的人实在太多，那些人需要被筛选下来。后来，随着业务的增多，评估项目的复杂化，我更加体会到加入评估师专业团体的必要，因为影响政府的决策，提高职业评估师在市场经济中的地位不是仅凭个人努力可以做到的，需要团体的力量。加入美国评估师协会是进步事业的重要步骤。

成为法庭认证的专家证人是一个职业评估师的最高荣誉。能够获得这个荣誉，验证的是职业评估师的业务能力、职业操守和专业素质。只有那些专业知识渊博、文笔严谨、口才良好的专家，并且必须有基本的法律常识、较强的应变能力和出庭做证的技巧，才可以打开局面，得到律师界和法庭的认可。同时，这个认证的危险度比较高，因为认证后的专家证人的行为——无论是在法庭上还是在实际工作中——都会被收集存档，作为辩方律师推翻专家资格的证据。在美国的法律中，这个程序叫"Discovery"（发现），目的是寻找所有可以诋毁专家证人声誉的证据。专家在成年后的所有行为和言辞，都会被双方律师和法官放在放大镜下进行核实和监督；曾经的差错或不良行为，包括超速吃罚单之类的小事，都会被用来质疑专家的资格和证词。也就是说，只有身家清白和业务熟练的评估师，才敢接受法庭的认证，从事专家证人的工作。工作压力大、责任复杂和专业要求高，吓跑了很多的职业评估师，可是伴随它的是良好的声誉和高收入，这仍然诱惑了很多的人。我也希望能通过努力得到专家证人的资格。

也许是我的运气好，在那个年代，实力派的中国艺术专家奇缺，法庭只能依靠大学教授、博物馆专家、拍卖行人士或古董商来填补专家证人的空缺。可是，这些专业人士往往缺乏对艺术市场的了解，因而在担任专家证人的时候不能跨行论证自己的观点，常常拖延法庭结案的时间，让参与的人员感到被动。换句话说，学者型专家没有市场经验，市场型专家没有高学位的专业背景，或因为有利益冲突而不能履行独立艺术评估师的职业操守和法庭的用人原则，让法庭为难。所以，我对自己的事业前景很有信心，因为我这个中国艺术史博士的入行，可以给中国艺术市场注入新鲜血液，提高评估的质量和专家证人的公正性。

我在2015年参加了专家证人培训班，在2017年参加了美国评估师协会的评估和管理的培训和考核，成为全美第一位认证的私有财产评估的审核和管理专员（Accredited Senior Appraiser in Appraisal Review and Management – Personal Property）。得到这个认证是我在评估师职业上的又一次突破，因为这是在资深职业评估师之上的更高的认证。我很骄傲得到这个特殊的资历认证，走在了同行的前面。

做一个经得起考验的中国艺术专家证人，重点在于相信诚实的价值。我因为诚实和不会变通吃过不少的亏，但一直坚守做人诚实、做事清白和不为利益所动的职业操守，问心无愧。即使在回复正常的电子信件的时候，我也会反复斟酌措辞，在检查语法和说话的语气后才发出，以免自己的不慎毁掉我的声誉。在从业的15年中，没有一个客户向评估师协会投诉过我的服务。在得到了法庭的认证后，我接手了6个大型的关于税务和保险索赔的案件，与不同的律师事务所和律师合作。因为案子的性质不同，律师的专业有别，每个案子都给了我很多的启发和历练，学到了很多书本上学不到的东西。和著名辩护律师的合作更让我受益匪浅，从他们对案子的分析和辩护策划中，我学到了简单明了和有的放矢的工作方法。对一个专家证人来说，接手案子的输赢不是目标，而专家意见的陈述方法、论证逻辑和语言说服的技巧，可以显示专家的实力和影响力。通过自学法律，反思律师们的策略和对专家的期待，我学会了从法律的角度陈述自己的专家意见，把解决问题作为自己的努力方向。事实上，能说服原告和被告在庭外和解的专家意见，是对专家能力的最好验证。到目前为止，我接手的两个大案已经以庭外和解结案，而另外的4个案子仍悬在空中不知有何结局，我依旧严阵以待可能的挑战。

能把我对中国艺术的热爱，对艺术市场的兴趣和对法律的好奇结合起来的职业，是一份心仪的好归宿。

（4）

做一个能写书的中国艺术专家是我的梦想，因为能写书的专家是重量级专家。鉴于美国市场缺乏高质量的有关中国艺术欣赏和评估的英文书籍，自2005年创业以来，我一直在准备撰写一套三册的关于中国艺术的专著。为了实现这个目标，我准备了14年的评估笔记，花了5年时间，在2018年写完了系列丛书的第一部——*Wei Yang's Guide to Chinese Painting and Calligraphy*（《杨薇中国书画指南》）。当我签订了图书出版合同，把35万字的书稿交到出版社的时候，我很骄傲自己的成就，因为出版一本有价值的专业书通常是一个读书人的最大心愿。

在美国创业给我的最大安慰是我证明了诚实的力量。我很欣慰选择了一个符合我追求的职业。我喜欢职业评估师的以诚实为本的职业操守，庆幸自己的一辈子过得离诚实不远，捍卫了评估工作的公正。职业评估师和专家证人的工作是一个充满诱惑的职业，因为在金钱面前，做一个诚实公正的人需要自律，稍稍不自爱就会对他人造成伤害。因为知道这个行业的性质，我以遵循美国政府颁布的职业评估师的职业道德和专业标准为己任，把说实话、做对的事、慎言慎行作为自己的职业操守。我刻意培养了多看少说的工作习惯，不卑不亢地履行职业评估师的责任，以求问心无愧。能在这个世界里找到一个做自己的位置，从事一份名利双收的职业，干干净净地做人做事是我的福气。

我欣慰在创业后守住了一个读书人的初衷，继续在美国弘扬中国艺术。如果说我拿到博士学位是圆了父亲的读书梦，那么得到资深艺术评估师和评估审核和管理专员的认证就是成全了我的美国梦。如果说博士的专业训练奠定了我创业的基础，那么评估师职业的千姿百态就是成全了我想老老实实做人做事的心愿。能带着微笑去工作是一件很惬意的事，能在工作中找到满足是一份很难得的享受，我庆幸没有辜负自己。

说到底，在美国创业给了我做自己的机会。我不能选择自己的出身和生存环境，但我可以选择走什么样的路，做什么样的人。做一个问心无愧的职业评估师实现了我认真做事、清白做人的梦想。把梦想、专业和性格结合起来的创业，是天时、地利、人和的最佳结合。我感恩命运对我的青睐。

亲 情

堂兄

我很喜欢堂兄贝德。喜欢的原因不是因为青梅竹马——我们是在成年后才见面的；也不是因为朝夕相处——堂兄住在美国的康州，而我住在新泽西的普林斯顿，很少拜访彼此。其实，在美国生活的20多年中，我们见面的时间很少，只是偶尔写电子邮件或打电话。我喜欢堂兄是因为他的善良感动了我，我把他看作除了父母、姐妹外最亲近的兄长。他的支持让我留学美国的梦想成真，他的出现给了我坚持到底的勇气。

我的父亲有两个哥哥、一个姐姐。他的二哥的一双儿女最有出息，都考上了大学。在我读高中的时候，父母经常提到我的这位堂兄贝德和堂姐海伦，要求我们向他们学习，争取考上大学。每当谈起堂兄堂姐的时候，父亲的脸上都挂着羡慕，夸奖二伯二妈教育有方。这让我从很早起就仰慕堂兄贝德。

　　我与堂兄的见面源于一次偶然的机会。我父亲的二哥夫妻俩，也就是我的二伯和二妈，他们是我们杨家的大知识分子，在苏州医学院工作。自从1983年在苏州见过面之后，我和二伯一直保持着联系，我和二伯投缘，二伯也喜欢我这个侄女。我第二次到北京进修英文的时候，二伯恰巧到北京开会，所以专门约我出来吃饭。饭后，二伯带我到金鱼胡同附近的一家外文书店买书。在路上，二伯悄悄地告诉我，这个书店很隐秘，因为出售的都是盗版的、在内地看不到的英文书，这让我感到好奇和新鲜。二伯明显是这里的常客，刚刚入店就把我引到了外文辞典的专柜前，要我挑选需要的参考书。买完书后，二伯神秘地对我说："今天你会见到你的堂兄贝德，他也在北京。"这个消息让我又高兴又紧张，因为我一直对堂兄和堂姐感到好奇，没想到会见到堂兄。同时，我很担忧身为上海人的堂兄会不会嫌弃我这个从大西北冒出来的土里土气的堂妹。看到我紧张，二伯告诉我，"贝德人很好，你会喜欢他的，不用担心"。

　　和贝德的见面是二伯送给我的礼物，不然的话，我们可能会一辈子错过彼此。离开书店后，我和二伯在附近的一家甜点店边吃点心边等待堂兄。因为紧张，我专门到洗手间整理了一下我的头发，抹平了小花裙上的皱褶，希望给堂兄一个好印象。当我看到一个一米七八左右、戴着眼镜的年轻人进店后左右张望的时候，我问二伯："那个是不是贝德哥哥？"二伯笑了，拍了一下我的头，说："好眼力。"待贝德在二伯的右边落座后，坐在对面的我歪着头打量着他：面孔清秀，身材修长，黑边眼镜很土气，但整体看来很帅气，得85分。也许是我的举止太大胆，贝德羞涩地一笑，躲过了我火辣的目光，对我点点头算是打了招呼。

二伯指着我说："这是你小叔叔的二女儿，假小子，爱说话。"听到介绍，贝德点点头说："我知道小叔叔有三个女儿，但没有见过面，见到堂妹很高兴。"看到堂兄的腼腆和我的直截了当，二伯哈哈地笑了，说："你们年轻人应该有的聊，都是自家人，不必拘束。"贝德的拘谨让我有点手足无措，不知道该说什么。沉默了一两分钟后，贝德问我在北京读书辛苦不辛苦，生活是不是习惯，过年的时候回不回家。我发现，堂兄的年纪不大却很老成、很细心、很温柔，和我熟悉的北方男人很不一样。那次见面时间很短，可我很喜欢堂兄的暖男性格。北京一别后，堂兄没有忘记我在京读书的孤苦伶仃，特地在过"十一"国庆节的时候邀请我到他在河北涿县（现涿州市）的家里过节。在那里我第一次遇到了堂嫂毛毛和侄子洋洋。堂嫂是警察，漂亮、干练、爽朗、大气，很有巾帼英雄的气魄。侄子洋洋举止文静，有一双会说话的大眼睛，是一个懂事乖巧的小帅哥。在堂兄家里，我开心地住了两天，从心底喜欢堂兄和他的家人。

我和堂兄的第二次见面是在甘肃酒泉。那年贝德到甘肃玉门出差，特地到住在酒泉的父母家里拜访，让父亲喜出望外。记得父亲和贝德见面的时候一直在抹眼泪，因为父亲没有想到此生会见到自己最喜欢的侄儿。巧的是，当时我也在家休假，有机会和贝德深谈。贝德的专程拜访让我对他刮目相看，感动他的善良，敬佩他的真诚。从他坚毅的目光中,我知道贝德是一个有主见的男子汉。当知道我考取了美国史密斯学院,第一年只能拿到部分奖学金,有可能放弃的时候,堂兄很着急,挺胸而出答应做我的经济担保人。他扶着我的肩膀,看着我的眼睛说:"一定要去,能考上这么好的学校非常不容易,不能放弃。费用问题我会帮你,因为我回到北京后,很快会到美国去工作,算是技术移民。"他接着说:"我的工资待遇很好,不用担心,我有力量帮到你。"看到我落泪,贝德掏出手帕递给我,心疼地说:"不怕,一切都会好的。有哥哥在,你不会有事的。你的任务是好好读书,拿到学位。"就这样,在贝德的鼓励和承诺下,我踏上了留学之路。

我和堂兄是在1995年同年来到美国的,他比我早几个月到。贝德是被美国引进的计算机工程师,而我是到美国东部麻省的史密斯学院读书的学生。贝德果然没有食言,用自己的工资补上了我第一学年的资金缺口。尽管我很快还清了他的资助,但他的这份情意让我感动至今,因为来往不多的堂兄没有帮助我的义务,是他的善良拉了我一把。为了支持我完成学业,在第一学年,贝德省吃俭用,用工资的大部分为我付了学费。如果没有堂兄替我补缺口,我不可能到美国读书,因为我不想让父母为难,也不想麻烦朋友。多年来,我一直敬佩堂兄的远见、胆识和仗义,感激他在帮助我的时候没有考虑我的偿还能力。

贝德的呵护让我在麻省留学的3年中有亲人可以依靠。第一学期结束之际,我被告知学院规定在放假之前校园全部关闭,住校的学生必须搬出宿舍自寻住处。我被这个规定吓坏了，因为刚到美国，人生地不熟，我不知道放假后应该去哪里。贝德知道后，邀请我到他家过假期，算是解了我的围。我记得当年贝德住在马里兰州的一个公寓里。在收留了我之后，他白天上班，晚上陪我说话、看电视。因为贝德在当地的技术学校修计算机软件课，也有功课要做，所以有的时候我们会一起在客厅看书和做功课。每到周末的时候，贝德会带我去逛街、买东西、吃饭。看到我喜欢吃西瓜，贝德会和我一起趴在一大堆西瓜上挑拣最好、最大的西瓜抱回家。因为美国的西瓜按个卖，越大越便宜，可美国人没有选大号西瓜的习惯，所以很占便宜。有的时候，我们会争论谁看中的西瓜最大、最甜。刚开始的时候，看到我吃西瓜是一半一半地吃，不喜欢切成牙，在南方长大的贝德吓了一大跳，因为他不相信清瘦的我会消化得了那么大的西瓜。后来，他服气了，一天吃掉一个大西瓜对我来说易如反掌。我来自甘肃戈壁的瓜果之乡，因为这个原因，贝德常常叫我"西瓜公主"。每次到他家做客的时候，贝德都会嘱咐我不用烧饭，要我安心看书补课。下班后，他不是烤肉、炒菜，就是蒸馒头，忙得不亦乐乎，而对我这个吃闲饭的堂妹一点怨言都没有。贝德的细心照顾，帮我度过了最艰难的留学的第一年。

贝德和洋洋是仅有的见证了我拿到史密斯学院学士学位的亲人，他们以我为荣的喜悦让我至今记忆犹新。洋洋一直很喜欢我这个姑姑，常常在放学后缠着我问东问西，陪我说话，一起发疯。当我在史密斯学院本科毕业的时候，他们父子俩专门开车到麻省的北汉普顿市参加我的毕业典礼，他们知道这个学位对我意味着什么。能有亲人见证我实现对父亲的承诺很重要，他们的参与让我感动。后来，在我搬到了芝加哥到美国西北大学读博士之后，贝德也没有忘记我这个堂妹，会在我最需要帮助的时候伸出援手。记得有一年，我因为准备博士学位论文需要到中国考察一个月，可11岁的女儿没有着落。我不敢把她带回国，怕她遭受被美国领事馆拒签的噩运。看到我为难，贝德提出帮我照顾女儿。他把女儿接到了康州，细心地照顾了她一个月。如果没有贝德的鼎力支持，我不会按计划顺利完成博士学位论文的调研、撰写和答辩，提前拿到学位。

受父亲的影响，洋洋也是一个善良有爱心的孩子。在2008年，得知我生病之后，洋洋亲笔写信给我，鼓励我战胜病魔，早日恢复健康。孩子的深情厚谊、关心和支持给了我和病魔搏斗的勇气。在电子时代，能亲笔给一个远房姑姑写信鼓励她抵抗癌症的年轻人是罕见的，所以，我永远不会忘记洋洋的有情有义和善良。

贝德的默默守护、理解和支持给了我很多的安慰。因为家中有事不能到伊利诺伊州的埃文斯顿参加我的博士授予仪式，贝德专门定制了一盒精致的星星送给我，作为毕业礼物，我至今还收藏着。当我把这些大大小小的星星摆在桌上的时候，我看懂了堂兄的心意，他是希望我在毕业后能像星星一样在我的领域闪闪发光。空闲的时候，我会把玩这盒星星，在心里和堂兄对话。

我想告诉堂兄，我一直在很努力地做最好的自己。我的第一本35万字的关于中国书画艺术欣赏和评估的英文著作会在2020年下半年问世，第二本关于中国瓷器欣赏和评估的书稿也在修改中。我想告诉堂兄，我的军功章上有他的汗水，我感激他在我最艰难的时候为我挡风遮雨的情意。

女儿

(1)

阳阳是我的独生女,说话像小鸟叫,清脆高昂。她小的时候,时常像一只小鸟一样飞来飞去叽叽喳喳地说个没完。我想,若叫她波蒂(Birdy),意思是小鸟,也许更合适。可惜的是,这个名字没有形成气候。如同她的原名,阳阳像灿烂的阳光普照了我的生活。

阳阳是一个非常乐观、没有心机的孩子,喜怒哀乐全部写在脸上。她在身边的时候,我没有过一刻安宁,因为她会像小鸟一样吵闹不休。上学后,随着年龄的增长,她的性格多了一些层次,在措辞上多了几分成熟,可是依旧爱讲话。有的时候,我会笑着提醒她把嗓门压低一些,不要把妈妈的耳膜震坏了;把说话的速度放慢一点,不要让妈妈感觉老了跟不上了。听到妈妈的调侃,阳阳会调皮地回敬说:"妈妈,我这样讲话是您的错,因为我生来就是这样。"说完后,阳阳会做个鬼脸,以示歉意。想想女儿的话也对,我不是鼓励她把心里想的说出来,很喜欢她爱讲话的性格吗?

高中毕业后,她到位于阿默斯特的马萨诸塞大学(University of Massachusetts, Amherst)报到,我的耳根清净多了,因为她只能在约定的时间把我的耳朵说疼。大学毕业后,阳阳的行为举止多了几分矜持,话也少了一些,但是讲话声音的高频率依旧没有变。其实,我很喜欢听女儿讲话,即使她是在强词夺理或胡说八道,我也会一笑了之,因为能看懂女儿的心思让我放心。

因为阳阳讲话很快,我时常逗她说,她讲的是人性化了的鸟语。我专门为她编了一个鸟孩的故事来戏弄她的语音。在她小时候,我骗她说,她的前生是小鸟,所以她是一个鸟孩。有一天,我在一棵大树上的鸟窝里看到有个带翅膀的小孩哭得很可怜,就爬上树把这个孩子捡了回来,这个孩子就是她。后来,因为吃了人饭,这个孩子身上的翅膀就消失了,变成了她今天的样子。我还告诉她,她洗澡的时候,身上散发出的小鸟湿了羽毛的味道就是证据,而且这个味道到一岁后才退化。也许是我的故事编得太好,阳阳一直相信她是妈妈从一棵树上的鸟窝里捡来的鸟孩。因此,阳阳对鸟的世界充满了好奇,收藏了很多关于鸟的图片和画册,会问很多与鸟有关的问题。有的时候,她会站在院子里对着天空发呆,直到南迁的燕子纵队消失得无影无踪才闷闷不乐地回家。直到读小学的时候,我才说服她妈妈讲的故事是逗她玩的,不是真的,可她脸上的表情告诉我她仍半信半疑。成年后的阳阳讲话依旧像小鸟,清脆声中带着稚嫩。我不知道是不是鸟孩的故事渗透到阳阳的成长中,让她和"鸟语"脱不了干系。有的时候,我会内疚自己的粗心大意,没有注意到女儿会长大。

(2)

爱说话和爱狡辩是阳阳的天性,每当想起阳阳小时候的傻样,我都会不禁笑出声来。因为是独生女,没有兄弟姐妹陪她玩,妈妈是她的首选玩伴。即使饭后我想看书轻松一下,她也会爬到我的身上坚持要和我讲话。很多时候,我只好放下手中的工作陪她玩。在阳阳4岁的时候,我做了部门主管,手头的工作多了,有的时候需要把工作带回家做,少了陪她的时间。对此,阳阳很有意见,会找各种机会纠缠我。有的时候,我会装聋作哑,不理睬她的纠缠,或者批评她不懂事。逼妈妈妥协就范是阳阳的拿手招数,大有不达目的不罢休的阵势。为了达到目的,她会哭很久,即使没有眼泪,她也可以一直干哭到妈妈心软妥协为止。

阳阳不喜欢让保姆送她到幼儿园,而我又没有时间送她。知道妈妈上班是不可以带孩子的,她会选择妈妈早晨要出门的时候捣乱,盼望妈妈能请假陪她。阳阳最拿手的一招就是在我离开的时候抱着我的腿不放,要求我带她上班或送她上学。有的时候,我会迁就她;更多的时候,我会生气地摔门而出。有一次,我强行掰开了她抱我的小手夺门而出,不小心把她的小脑袋夹在了门缝中,疼得她放声大哭。因为已经迟到，我必须离开，所以没有检查她的头部是不是受伤了，我至今后悔当时的粗心。尽管那天保姆在照看女儿，上班的时候我仍心不在焉，担心女儿是不是受伤了，是不是还在哭。因为满脑子都是阳阳的哭相，我没有心思工作，只好请假回家看阳阳。

回到家后，保姆说，因为眼睛哭红了，阳阳拒绝上学，害怕老师和小朋友们笑话她。保姆没有办法，只好把她留在家里。我到家的时候，阳阳正在自己的房间里玩积木，一边玩一边喃喃自语。听到我的声音后，阳阳一下子从她的房间里冲了出来，扑到了我的怀里，放声大哭。果然，因为被门夹到，阳阳的太阳穴上有一道瘀血印。我搂着女儿，心疼地抚摸着伤痕，眼泪夺眶而出，我觉得对不起女儿。我轻轻地把女儿抱起来，拍着她的背让她哭个够。好不容易哭声停了，阳阳把她的眼泪和鼻涕在我的肩膀上擦干净，扬起委屈的小脸蛋问我："妈妈，你不去上班了吧？妈妈是不是可以陪阳阳玩了？只要你今天和我玩一会儿，我明天上学保证不哭。"这个建议不错，我不知道阳阳的小脑袋瓜怎么会知道和妈妈谈条件。她的一本正经让我怀疑她的动机。看到我眼中的怀疑，阳阳说："如果妈妈不信，我们可以拉钩盖印，一百年都不变。"我很想看看女儿在玩什么把戏，伸出小指和她拉钩盖印了。我按阳阳的要求坐在沙发上，过了一会儿，她从我的卧室出来，小嘴上抹着我的口红，头上别着我的发卡，手中拿着我的发梳，报幕说："阳阳服装表演现在开始。"那个下午，阳阳几乎把我衣柜里所有的衣物穿了个遍。因为个子太小，衣服太大，她穿着我的衣服，披着我的围巾，蹬着我的高跟鞋，学着我的眼神和说话的样子，扭来扭去像一个玩把戏的小猴子。当我看到女儿不时地用手把裙子拎起来，把小脚在大鞋子里扶正的时候，我把眼泪都笑出来了。我不敢相信，这个小家伙竟是如此急切地想要长大。我更高兴的是我在女儿心中的地位，因为阳阳说她长大以后要像妈妈一样聪明漂亮。看到汗流浃背但满脸开心的女儿，我如释重负，看来女儿已经忘记了早晨的不快。或许她头部的撞伤也不那么疼了，我不希望女儿记恨我。

出国之前，我们母女亲密无间，在一起的时间很多。除了我上班，阳阳上学之外，我们娘俩会一起做事，一起玩耍，一起说悄悄话。不管我干什么，阳阳一定会是我的小帮手。我洗衣服的时候，她会在旁边帮我把颜色分开。我在阳台晒衣服的时候，她会帮我拿着衣架。我在包饺子的时候，她会戴上我特意为她做的小围裙，围着我忙前忙后地做搬运工。我拖地的时候，她会拿块布跟在我的身后抹地帮忙。我生病的时候，她会守在我的床边自己玩，但会记得问我要不要喝水。在春光明媚、阳光射进卧室的时候，我们娘俩会躺在床上做编故事的游戏。游戏的规则是挑战方可以提出故事中需要的三个小动物，应战方会为这些小动物编一个合情合理的故事。这是我们娘俩最喜欢的游戏，当应战方的故事编得离谱，或编不下去的时候，我们会乐得哈哈大笑，互相挠痒，在床上打滚，直到一方告饶才作罢。为了有更多的故事题材，我和阳阳经常逛书店，把她喜欢的故事书和讲故事的磁带都买回来。有的时候，我会和她一起看书听磁带。更多的时候她喜欢一个人在自己的房间听故事、画画。因为她知道妈妈喜欢安静地看书，在妈妈看书的时候，她也会一本正经地在妈妈的身边看自己的小人书，尽量不说话。妈妈心情不好的时候，她会把自己收藏的宝贝都拿出来和妈妈分享。她会说"妈妈，只要是你喜欢的，我都可以送给你"。阳阳的收藏品中有很多漂亮的发带和饰品，都是我出差买给她的。我很喜欢小饰物，因为我小的时候没有这份奢侈。为了让我高兴，她会挑出她最喜欢的几个头饰摆在我的面前，然后提议为我梳头打扮。看着认真的女儿，我不忍拒绝，只好由她摆布。她在忙了很久之后，直到发现她把本来很漂亮的妈妈画得像小丑一样才作罢。我曾经拍下了她的杰作，可是来美国的时候忘记带来，不知道那张照片是不是还在。

（3）

我和阳阳的亲密无间一直持续到我出国留学的那一年。到美国留学，我把孩子交给了我的父母抚养。因为怕女儿闹，我是在阳阳睡着后悄悄离开的。阳阳一直怨恨我的不辞而别，母女关系一度很紧张。后来，因为急着完成学业和经费不足，我在留学的前3年没有回家探亲看孩子，阳阳很有意见，和我很生分，不接电话，连一声妈妈都不肯叫。她拒绝和我亲近，不肯原谅我把她留在国内3年。

在阳阳9岁的时候，我和她的父亲离婚了，孩子归我抚养。在阳阳10岁的时候，我把她接到了美国和我一起生活。尽管可以每天和妈妈在一起了，但是阳阳很难放下对妈妈的怨恨。无论我如何努力,在很长的一段时间里,女儿都躲着我,我问一句她答一句,不肯亲近。从过去的形影不离到形同陌路,我知道我的缺席伤害了女儿,让女儿没有安全感。可我没有办法让一个10岁的小女孩理解妈妈的苦衷和那样做的原因。我无法解释我的离去为的是给我们母女一个明天。我知道女儿还小,还不需要太懂事,说话可以没有轻重,可阳阳眼中的冷漠让我心碎。为了缓和我们之间的关系,我细心地呵护着阳阳的每一个要求。也许是出于内疚,我会考虑她的许多不靠谱的提议,以求她开心。我真心地想念那个爱讲话、喜欢纠缠妈妈的鸟孩。

我试图用行动向女儿承诺她是妈妈的生命,她永远不会被遗弃。我想让她懂得,不管发生什么,妈妈都会在她的身边。阳阳来美国6个月后,我的努力终于改变了她对我的敌意,她开始和我说心里话了,变得像从前一样黏人。她愿意和我一起逛商店、烧饭和做游戏,也敢在我身上放肆,把我变成她调皮的牺牲品。我这辈子只烫过一次发,那是阳阳的杰作。因为好奇美国同学的卷发,阳阳对摆弄卷发产生了浓厚的兴趣,经常把自己的头发用发卷搞得乱蓬蓬的,觉得很好玩。突然有一天,她提出为我烫发,因为她想看看妈妈卷发的样子。知道刚来美国的女儿很孤独,没有玩伴,但很懂事,很少给我提要求,我不忍拒绝她,答应让她试试。因为没有经验,我陪她到商店买了烫发的药水而没有想到后果。因为她太用心,用的卷发器太细,我的头发变成了羊毛小卷,根本梳不开。看到妈妈漂亮的齐肩直发变成了杂草丛生般的卷毛,阳阳知道闯了祸,吓得不得了,以为妈妈一定会大发雷霆。看到垂头丧气等着挨骂的女儿，我不忍心训斥她，因为我知道她在试图找回和妈妈的亲密无间。尽管我又气又恨，悔青了肠子，不能想象自己披着一头不属于我的卷发站在讲台上的尴尬，但我强忍着，没有发作。为了安慰女儿，我把乱糟糟的卷发绾成了一个发髻盘在脑后，用发夹别起来，给她看，说："不错，换个发型蛮好的。"我安慰她说："没有关系的，长长就好了。"我不知道我当年在想什么，竟然会由着一个10岁的小女孩在我的头上乱折腾，花了一年多的时间才把我的直发找回。

　　这次烫发事件明显地拉近了我和阳阳的关系。自那以后，阳阳显然和我亲近了很多，又开始和我理论、撒娇和谈条件了。她的话多了，慢慢地恢复了讲"鸟语"的速度。在饭桌上她会把在学校的经历讲得很仔细。从她的嘴里，我知道学校安排了一个美籍华人学生帮她适应学校的生活。她最喜欢的英文老师阿里克斯女士会在午餐的时候把她自己的孩子读过的书拿来，和她一起吃饭一起读书，还教她英文的手写体。阳阳抱怨说我给她准备的午餐三明治太大太难看，让同学们笑话，希望我给她钱让她自己在学校买午餐。当听到阳阳用一口流利的美式英语喋喋不休地和我辩论的时候，我知道，我的快乐女儿回来了。说来奇怪，阳阳讲英文的速度也很快，所以我常逗她说，她讲的是英文版的"鸟语"。能听到女儿专属的"鸟语"，我很欣慰，因为我知道女儿已经原谅了我当年的不辞而别。可我时常懊悔自己做母亲的不细心。

（4）

　　让女儿背着"完美"的包袱度过少年时期是我这个做母亲的粗心所致。阳阳从小懂事听话，到美国后和父母很亲近。因为我和她的继父都有博士学位且事业成功，阳阳的压力很大，她揣测只有读书好才会让我们高兴。在她读中学的时候，我没有注意到她的顾虑，只是觉得孩子在成长，有逆反心理是正常的。她上大学后，我发现她在我们面前总是小心翼翼，有点怕踩地雷的架势，让我不解。我最初认为是自己的强势让女儿有顾忌，后来发现她在我们面前的谨慎小心是因为怕说错话、做错事而损害了"完美女儿"的形象。我把她的乖巧伶俐看作懂事，没有意识到她心里的压力。上大学的时候，按照我们的建议，阳阳选修了心理学专业，可她略显忧郁的眼神和紧缩的眉头告诉我，她有心事。因为知道阳阳生性敏感，有把小事变大的思维习惯，我不想小题大做，让她多心，便没有追问。我把女儿的寡言少语看作成熟的标记，把她的不依赖妈妈看作独立。长大了的女儿多了几分矜持，少了几许开朗，让我心疼女儿的坚强和她在妈妈面前的拘束。直到大学毕业后，阳阳才告诉我她的兴趣是从事和动物有关的工作，想学兽医专业，让我大吃一惊。因为我的误导，阳阳错过了接受兴趣专业的培训，导致了她毕业后的从头做起。我很懊悔没有听听女儿的意见，一意孤行地坚持自己对孩子的关心，而忽略了做一件自己不喜欢的工作的不开心。尽管阳阳在大学毕业后接受了和动物有关的专业培训，有了自己喜欢的职业，可我对她浪费大学生活负有直接责任的内疚感一直折磨着我。我后悔没有做一个开明的母亲，给孩子陈述的机会，和孩子分享就业的烦恼。

和孩子把话讲清楚是支持孩子独立的措施，因为误解可以制造很多的困惑。大学毕业后，阳阳回到了普林斯顿工作，可是不肯住在家里，理由是不想啃老。她记住了我以前和她讲过的，大学毕业后要自立门户的话，可她不知道仰仗父母实现独立和啃老是有区别的。因为我没有把话说清楚，女儿的彬彬有礼和独立自主让我心疼，她内疚自己没有像父母一样读研究生，拿博士学位。做一个让父母骄傲的"完美女儿"的愿望压制了她的自信，看到的都是自己的不完美。我欣赏女儿的独立意识和自理能力，可心疼她肩头的压力。后来，经过反复的沟通，我和阳阳才达成了共识，讲清楚了我对她的期望，纠正了她对独立的偏执和做"完美女儿"的误解。听懂了妈妈的话后，阳阳顿时轻松了很多，开始让父母走进她的生活，帮她出谋划策锻炼独立的能力。她终于明白，父母最在意的是她的幸福和健康，会支持她选择的事业。因为没有了顾虑，阳阳心情好了很多，脸上的笑容也多了起来，又开始爱讲话了。看到阳阳解除了对父母的防范，开心地做自己，我真的为自己成为女儿生活中的一分子而开心。

支持孩子独立的最佳方法是教会孩子辨别和掌握机会。其实，父母对成年的孩子最大的责任是教会他们面对困难和解决问题，而不是一味溺爱。我很疼爱乖巧懂事的女儿，但从来没有溺爱她的计划。阳阳大学毕业后,我们终止了对她的经济支持,但提醒她记住在受伤的时候要回家,需要帮助的时候要张口。让阳阳明白请求帮助不丢人的道理着实让我费了一番周折。如同长大了的阳阳不再相信鸟孩的故事一样,鼓励她承认自己的欠缺很有阻力。当她明白面对自己的弱点是为了解决问题的时候,她相信了谦虚和自信的依存关系,变得成熟起来。她从10岁那年来美国,由需要妈妈照顾的小女孩变成独立的职业女性,一转眼已经20年了。当年那只说个不停的"小鸟"已经出落成一个端庄大方的大女孩了,安静了很多,也自信了很多。虽然我们住在同一座城市,但我需要千呼万唤或用美食诱惑她回家。每次回家,她也是匆匆地讲话,匆匆地吃饭,匆匆地离开,好像身后有小鬼催命一般,我不知道她怎么会如此的忙。看到女儿过得有信心,即使见她的机会不多,我也知足。想想自己在年轻时的拼命,我不责怪女儿的自我,因为女儿肯努力,愿意上进足以让我满意。"儿孙自有儿孙福",只要孩子开心,知道自己想做什么,愿意付出努力,我不应该时时牵挂,而应给成年的女儿成长的空间,在心里祈祷她幸福。只要女儿明白父母永远会支持她的事业,在她需要的时候会助她一臂之力就足够了。

我很享受分享阳阳的快乐和烦恼,听她的"鸟语"和陪伴她成长。我相信母女连心的说法,因为我会在世界的任何一个角落感受到女儿的喜怒哀乐。记得当年在北京学习的时候,我会突然坐立不安,为女儿担忧,打电话回去后发现女儿正高烧住院。当女儿和小朋友们玩耍把胳膊摔断送到医院的时候,我在800公里之外的敦煌也有不祥的预感。阳阳在麻省上大学的时候,我会经常打断她报喜不报忧的汇报，问她最近是不是有什么烦心的事。女儿很吃惊，问我："你怎么知道我不高兴？"我说是她讲话的方式和语气告诉我她遇到了难事。家里人说，我和女儿是修来的母女缘，否则不会有这样的感应。对一个母亲来说，读懂女儿的"鸟语"，理解女儿的心情缩短了我和女儿的距离。我很欣慰能从阳阳的语速中读懂她的心情，在她孤独的时候问她过得好不好，告诉她妈妈永远爱她。我不在乎跟不上她的"鸟语"速度，她脸上的幸福和眼中的微笑已带给我足够的安慰。只要女儿过得好，妈妈就会开心。

丈夫

（1）

　　我的丈夫太史文是一个很爱笑的人。太史文（Stephen F. Teiser）是美国普林斯顿大学宗教系的教授。我答应嫁给他是因为我在他的身上看到了一个好男人的品质，和他在一起，我有安全感。对于一个饱经风霜的女人来讲，有一个好男人为自己遮风挡雨是一生的幸福，太史文的爱让我感到做女人的值得。他的微笑、慷慨、细腻和真诚融化了我的心，让我愿意和他一起走完我们的人生。转眼间，我们已经结婚20多年了，先生的微笑一直温暖着我。

　　先生是一个很会笑的人。他高兴也笑，无奈也笑，委屈的时候会苦笑，不知所措的时候会傻笑。我不明白，什么样的人可以把微笑表现得如此透彻。回想我们一起经历的磨合、对抗和协调，我感慨微笑的力量。他的微笑使我们的夫妻生活和谐，让两个来自不同文化环境的陌生人相知和相爱。他的微笑化解了我们的婚姻危机，笼络了我的家人，消除了我对爱情的质疑。

先生的微笑让我感到自己很重要。我们是在1999年的夏天认识的。当年我是美国西北大学的博士研究生，先生是普林斯顿大学的教授，一同参加由胡素馨教授组织的历时40天的中美甘肃和四川佛教遗迹考察团。我是胡教授的博士研究生，负责协调交通和教授们的食宿。我和先生第一次见面是在敦煌研究院的招待所餐厅，当时先生正和几位团员在一起吃早餐。胡教授在介绍我们认识后就先走了，留下我在餐厅给大家介绍考察计划的细节和安排。虽然他是美国团队中级别最高的教授，但是他并没有架子，给了我很深的印象。当我问起他的中文名字的来历的时候，他的兴致很高，脸上笑开了花。他告诉我，他的名字是北京大学的白化文教授帮他起的，他非常感谢白化文教授的赐名，因为他的姓名和他的专业接近，很有缘分。怕我听不懂他的意思，他解释说，"太史"和太史公司马迁有关，注定要从事历史研究，所以很适合他的专业。他又说，他在美国普林斯顿大学教了30多年的中国宗教和历史，写了几本关于中国宗教的专著，也算是对得起自己的名字了。刚开始的时候，我们没有单独讲话的机会，但我注意到了他友善的微笑和随和的性格。

先生的微笑透着智慧和谦虚，让我敬佩。先生是一个研究成果颇多的美国学者，出过几本得过国际优秀图书奖的书。他的处女作

The Ghost Festival in Medieval China（1988）被清华大学的侯旭东教授翻译出版，而且这本中文名为《幽灵的节日：中国中世纪的信仰与生活》的作品得以累次再版，使他在业界享有盛誉。同行的中美教授们都是业界的名人且硕果累累，而我只是一个博士候选人，所以和他们相处让我顾虑重重。为了避免难堪，我在出发前拜读了大部分教授的著作，以便谈话有针对性。我特意拜读了太史文教授的两本书来了解他的研究兴趣和特点，因为他的治学严谨和犀利文笔在业界享有盛誉，我想找到交谈的主题。原以为这个大教授一定很高傲，很难相处，可让我吃惊的是，这个著名的汉学家却很谦恭和低调，让我对他颇有好感。我尤其喜欢他和同事谈话时的斯文和耐心，没有一点名人的傲慢。在甘肃和四川的石窟考察的40天中，我们相处得很好，自然地做了朋友。

那时，我对这个大教授印象很好，但没有非分之想。在甘肃和四川考察的时候，太史文用微笑理解和支持我的工作。因为参加考察团的16位教授都是业界的名人，除了年纪和资历稍稍有别外，我在定位接待级别和协调中感到吃力，怕慢待了任何一个人。因为考察地区的条件有限，把一碗水端平很不容易。尽管教授们都很体谅我的难处，理解和支持我的安排，但我常常有厚此薄彼的嫌疑。考虑到北京大学的马世长教授、首都师范大学的郝春文教授、北京社会科学院的丁明夷教授的年龄和身体状况，我把照顾好中国教授作为重点，偶尔会稍稍委屈同来的美国教授。因为是美国西北大学胡素馨教授策划的，我相信同校的任博客（Brook Ziporyn）教授会支持我的工作，但是对于来自美国普林斯顿大学的太史文教授能否理解我没有把握，因为他的资历、级别、年龄和中国前辈们相仿，应该得到同等的待遇。记得在四川资中石窟考察的时候，因为饮食差、路况差、住宿条件差，团员们很辛苦，能好好吃饭睡觉变得很重要。我首先安排年长和身体不好的教授们住最好的房间，而有意把同来的美国教授们排在中国教授的后面，给大家一种安排不公平的感觉。当我在安排上有偏差的时候，我都会偷偷观察太史文教授的反应，流露出做错事的不安。看到我担忧的眼神，他会示意我不用担心，总是笑眯眯地接受我的安排，从来没有抱怨过。通过一个月的朝夕相处，我看到了太史文的大度和体贴。

我们的私人交往是从吃苹果开始的，我感觉到了他做人的温暖。在考察石窟的40天中，从甘肃到四川，只要汽车一开动，太史文就会开始给同事们削苹果，因此荣获了一个"苹果人"的美称。我敬佩他的耐心和好意，因为在颠簸的中巴上削水果很不容易，而且在偏远的地区买到水果也不容易。因为合得来，旅行的时候我们经常坐在一起聊天。"近水楼台先得月"，我吃他削的水果最多。

尽管在考察石窟的时候我们相处得很好，但我们很谨慎，不敢越雷池一步，一直保持着朋友关系。我们不想涉及感情问题，因为我们都有过一次失败的婚姻。考察结束之前，我们单独到当地的饭店吃饭，谈到了我们的感情和未来。为了确定我们的感情的真实，我们约定回到美国后，各自回到自己的生活里，在至少6个月的时间里不联系，等彼此的头脑冷静以后再顺其自然。就这样，我回到了伊利诺伊州的埃文斯顿继续完成我的博士学业，他回到了新泽西州的普林斯顿继续教书，一切回归正常。我会偶尔想起他和他的陪伴。后来，因为学业忙，助教的工作量大，我很快就搁置了我们在中国的交情。

（2）

我把与他在中国的相遇看成是昙花一现，却没有想到我们已经相爱了。开学两个星期后，太史文给我打电话，说他已经买好了周末到芝加哥的机票，要来看我。他说他很想我。我既吃惊又高兴，因为我也有同感。我们的周末过得非常愉快，一起吃饭聊天、到图书馆还书、看电影，有了深度了解彼此的机会。因为没有了在中国考察时的压力，我们的交往很轻松，自然触及到了感情的去向问题。他表白说，他已经不可救药地爱上了我，没有办法做到6个月不联系的承诺。先生说他是在敦煌对我一见钟情的，喜欢我的聪慧、干练和细心，觉得我很会做事和照顾人。从中国回来后他满脑子都是我的影子，无法专心工作，发现我就是他喜欢的那种事业心强但很温柔的女性。所以，他一定要来找我，和我在一起，希望我能给他一个爱我的机会。他的告白让我很欣慰，因为我也有同感，只是不愿意主动而已。经过接触，我们发现我们是知音，在信念、做人和处世上的看法一致，似乎很有夫妻缘。到该去机场的时候，我们依依不舍，不确认下一步应该如何走。这次见面迫使我面对自己的感情并做出选择。

先生用微笑承诺爱情，让我憧憬幸福的家庭生活。因为失败的婚姻经历对我伤害很大，我对再婚很恐惧。在美国读书期间，我刻意不涉及感情问题，只想读好书，拿到学位，找份好工作，把女儿好好养大。我没有想过再婚的问题，尽管我希望能遇见一个懂得珍惜我的男人陪我度过余生。我不在乎金钱和地位，可是很在乎未来丈夫的担当和温度。当我对先生摊牌我的择偶条件和婚姻失败的原因时，他安慰我说我想要的他都可以给我，一定会让我幸福。当我告诉他我需要的是一个愿意让我做自己的丈夫时，他也答应成全。我对先生的随和感到吃惊，他的温存和体贴感动了我，因为他承诺的都是我失败的婚姻所欠缺的。我知道他喜欢我的聪慧，欣赏我的感情细腻和性格顽皮，但我不能确定他是不是可以接受我的全部，因为我害怕我的固执会吓跑他。看到了我的担忧，先生安慰我说他已经被我性格中的火花征服了，愿意包容我的一切，愿意为我改变自己，做一个我期望的丈夫。他说他愿意成全一个才貌双全的好女人的梦想，做我坚强的后盾。看着先生一脸的诚恳，听到他的真心表白，我答应做他的女朋友，我们正式确定了男女朋友的关系。为了能让我们的交往顺畅，我提醒先生说，和我相处，微笑是武器，因为我是一个宁折不弯的固执女人。我还告诉他，守住微笑是婚后同舟共济的前提。先生没有食言。我们结婚已经20多年了，他始终坚守着他对我的承诺，用微笑呵护着我。

　　先生的微笑让我感到被人疼爱的温馨。因为我的第一次婚姻最缺少的就是温度，先生的温柔和体贴让我感到做小女人的幸福。从恋爱到结婚，他一直很宽容我的任性，很有耐心，因为他很心疼我的坎坷人生。他从没有吝啬过他的微笑，坚守着他对我的承诺，让我做自己。他知道，我因为家里的条件不好，从小到大一直被父母当男孩培养，肩负着光耀门庭的责任。他理解中国人的忠孝观和我向父母承诺照顾家人的责任感。知道我到美国留学后，为了实现自己和父亲的大学梦，很多的时候，我咬着牙硬着头皮向前冲而无暇顾及自己是否受伤，他心疼我的辛苦，体谅我为了实现目标的奋不顾身，敬佩我在累得流泪之后的坚强。我的故事震撼了他，他没有想到我柔弱的肩头竟然扛着如此的重担。先生告诉我，在他的面前，我不再需要用坚强把自己包裹起来，因为他会帮我完成使命。他要求我在遇到困难的时候不要忘记他，他会和我并肩作战。先生说他很敬佩我的坚强和不屈不挠，想要保护我不再受到伤害。尽管他自己也是一个固执的人，为了我能微笑，他宽容我的任性，借给我他的肩膀让我在累的时候依靠。先生对我的呵护让我第一次感到做女人的幸福。

　　先生用微笑示范相互体谅的重要。因为文化的差异和生活背景的不同，婚后，我们有过一段艰难的磨合期。因为生活习惯和思维方式的不同，我们相处得不协调，出现了很多的问题。首先是治家的理念不同，导致我们因为家庭琐事而争论不休。比如说，先生喜欢事事做计划，点点要论证，没有计划就没有决定。我喜欢抓重点，抓纲要，速战速决。他习惯烧饭看菜谱，称斤度两，按部就班地准备食材，搞得厨房似战后的战场；而我喜欢就地取材，妙笔生花，保持厨房的整洁和台案的清爽。他喜欢请朋友到家里做客，认为女主人作陪是礼貌；而我不喜欢社交，长叹陪人聊天的辛苦。先生喜欢热闹，很享受和朋友谈天说地；而我喜欢独处，安静地做自己的事。当意见不合的时候,先生喜欢把事情讲清楚;而我选择逃避,因为我觉得争吵伤感情,没有面子。我说沉默是金,先生说沉默是对他人的不尊重。他尤其反感我在争吵后的一声不响。因为双方都不肯让步,我们无法在根子上解决问题,一度关系紧张。唯一合拍的是先生喜欢中餐,尤其喜欢我做的没有菜系的私房菜。可是结婚后的前两年,先生经常苦笑,而我的固执和不服输是他苦笑的原因。

先生用宽容的微笑教会我夫妻间的沟通很重要。我心疼先生的苦笑和无奈,可我不知道如何化解危机,以沉默应对。婚后不久,他就发现和我硬碰硬的结果是冷战,我会在吵架后的几天一言不发。为了让我开口说话,更为了逗我笑,先生专门用白手帕做了一面旗子。他会在争执没有结果的时候率先举白旗投降,因为他不想让我生气。在道歉的时候,他会举着白旗,围着我不停地道歉直到我答应原谅他为止。不管自己受了多大的委屈,先生总是用宽容的微笑向我臣服。他说他心疼我在吃过太多的苦、受过太多的罪之后还要承受来自他的压力。说句实在话,我很佩服先生的耐心和宽容心。但是从他疲惫的脸上和勉强的笑容里,我看到了他的委屈。我理解他的委屈,为我的偏执心虚,只是不愿认输而已,因为当年的退让让我吃了不少苦头。但我清楚,面对一个为爱选择退让、肯委曲求全的男人,我不应该太过分,应该懂得见好就收。事后,先生告诉我,我的沉默让他伤心,我的不开心让他心疼,他觉得他不是一个好丈夫。他还说,因为我生气不肯原谅他,他无法集中精力工作,影响了教学,对不起学生。在先生的话语和举动中,我懂得了夫妻间开诚布公的重要。事实上,夫妻间的文化差异和生活习惯的不同并不可怕,可怕的是不通过交流和沟通来解决矛盾。

"愤怒不过夜"的承诺让我们享受微笑婚姻的甜蜜。为了改善我们的关系,我们双方都做出了让步,学会适应对方的习惯和脾性。在发生意见不合的时候,在快要争吵之前,先生会首先道歉求和,而我也会顺势接受道歉,检讨自己的过分。因为有了交流和对彼此的信任,我们的感情越来越好,争吵的次数越来越少。作为夫妻,我们没有秘密,相敬如宾,守护着我们共进退的婚姻誓言。很难想象,如果没有先生的妥协、宽容和苦笑,我不会看到自己性格的强硬在伤害自己爱的人。如果是因为我的任性和偏执让我错过这样一个近乎完美的丈夫,我一定会后悔。可喜的是,先生的聪明之举让我及时发现了自己的问题,纠正了自己的做法,挽救了我们的婚姻。

保持婚姻的和谐需要幽默和微笑。我们共同生活中最好笑的是先生的"耻辱之墙"(wall of shame)。结婚后,我们在普林斯顿市区买了一套有3间卧室、3个卫生间、1间书房和1个室内游泳池的独立房。因为漂亮的墨西哥风格的游泳池几乎占据了建筑面积的一半,我们只能共享一个办公室。可是搬进去不久我们就发现共享一个办公室不现实,因为我们对办公室的要求和做事的习惯不同。先生的办公室是杂乱无章的,但他知道他的东西在哪里,算是乱中有治。他有在咖啡厅或车站著书立说的能耐,可我没有。我需要整洁、安静的工作环境,因为噪声和杂乱会影响我的思路和耐心。因为房子已经买好,不能后悔,我们只能协商和平共处。为了少打搅对方，我们特意把两人的办公桌放在对角线，把各自的工作区域以对角线划开。但是，公共空间有限，我们经常需要到对方的领地使用中国历史、艺术史、佛学和哲学史方面的书籍，颇感不便。如同他在校园的办公室一样，他把家里也变成一个杂乱无章的储藏室，我要求他保持办公室的整洁。先生强调说，他的混乱是有条理的，请求我不要帮他整理。当发现我有洁癖的时候，他会满脸愁苦地告诉我找不到东西的他有多可怜，带着一脸的哭相求我答应不再动他的东西。我尽量去容忍他的不整洁，可是我没有想到搭建一道书墙是他的解决办法。

怕我不高兴，先生把书、书稿和文件围在他的书桌周围搭了一堵墙，让他的办公区域有无处下脚或踩到书的可能，弄得我哭笑不得。随着时间的推移，他的书墙修得越来越长，马上就要伸入我的领地，让我很恼火。有的时候，我需要跨越他的书墙，找到我需要的书籍，带给我极大的不便，所以，我开始想法子为难他。首先，我把他的书墙命名为"耻辱之墙"，勒令他马上取缔。其次，在他的书墙延伸的时候，我会把一个红色的纸条贴在他的计算机屏幕上以示抗议，提醒他："请马上整理你的'耻辱之墙'，否则我会亲自动手。"这个纸条对他最有威慑力，因为他知道我真的会动手。在坚持了5年之后，我们这种猫捉老鼠般的相处终于到了忍无可忍的地步。我们不愿再为和平共处浪费精力，决定买一套空间更大的房子，彻底解决我们的办公问题。2009年，我们买了一套建于1821年的很大的老房子，各自有了自己的办公室。为了离先生远一点，我特意选了与他距离最远的对角房间做我的办公室。中间隔着大客厅，我终于不用担心被他打扰了。让我奇怪和欢喜的是，搬入新家后，先生改变了他的坏习惯，开始把他在校园的和在家里的办公室收拾得井井有条。当我把先生的改变归功于我的调教有方的时候，先生会点头表示认可，但会小声地说"是老房子的功劳"。即便如此，彻底消灭他的"耻辱之墙"仍然让我得意扬扬。

（3）

先生用笑声表达他对中国佛学研究的热爱和投入。办公室的问题解决后，我们都喜欢在自己的办公室忙自己的事，家里通常很安静。先生也很安静，但制造突发的声音也是他的能耐。刚开始的时候，突然听到他在办公室兴高采烈地说话并且大笑不止着实吓了我一跳。我很纳闷，因为我没有看到有客人来访，也没有听到电话铃声。当我赶到他的办公室查寻的时候，发现先生独处时有自己和自己对话的习惯。假期期间，他在家里的时间很多，听到他的笑声的次数也越来越多。有时候，他会拿着在敦煌文献中发现的小篇章或漫画到我的办公室和我分享。看到兴高采烈的先生，我深深地被他的投入感动了。我想，一个美国的汉学家都能如此地痴迷中国文化的研究，作为中华儿女，我更应该把弘扬中国艺术作为自己的使命。

先生用微笑传递他的忠厚和善良，和他在一起让我有安全感。作为一个学者，他善待同事，喜欢听取同行的意见。和中国学者交谈的时候，他很谦虚，会不停地检讨自己的中文不好，但喜欢用中文演讲或沟通。当中国同行在美国演讲需要帮助的时候，他会帮忙修改英文论文，或派学生帮演讲者纠正英文发音。在讲座中出现冷场的时候，他会帮忙解围。更重要的是，他从来不挑剔中国同事的英文水平、背景、学历和地位，而以专注倾听的微笑传递他的支持。不管有多繁忙，他都会认真答复研究生咨询问题的信件。作为丈夫，先生用微笑传递温暖和真诚，让我感到有依靠。从认识他到嫁给他，先生的温和谦恭一直对我很有吸引力。尽管在年龄、学识和声誉上，先生都是我的前辈，但在他的面前我没有渺小的感觉。在他的身上，我看到了一个前辈的素质和涵养。和先生一起生活的20多年是我事业长进最快的时期。

先生喜欢用微笑鼓励我相信自己。他是我的丈夫，更是我的前辈。从谈恋爱到结婚，先生始终在扮演一个导师的角色，细心地栽培着我。在我写博士学位论文的时候，他会非常专注地听我讲述我的论点和研究兴趣。在谈话后，他会认真地交给我一个书单以便发展和完善我的理论。在阅读我的论文草稿时，他会细心地注上他的意见和修改思路。当我取笑他难以辨认的鸡爪似的手写字时，先生会羞涩地一笑表示歉意。为了提高我的英文写作水平，他会买来一堆指导写作的书要我抽空阅读。碰到文笔好的文章，他会记得打印出来交给我拜读。在我因为进步不大而烦躁的时候，他会提醒我付出和得到的不等值规则。先生提醒我说，在学术质量面前不应该有国籍之别。如果想获得美国名牌大学的博士学位，我不能因为自己是外国人而为自己的不足找借口。尽管先生的批评有时会伤到我的自尊心，但我会服从他的专业指导和要求，因为我知道他是真心地帮我进步。

不管我是不是在开心地听，先生都会直截了当地讲出他的看法。为了把我训练成一个头脑清楚、思维敏捷和有自己的写作风格的艺术工作者，他会不厌其烦地点评我的写作，以帮助我完善。就这样，婚后的多年，我像一块干海绵拼命地吸收着自己缺乏的养分，以便在事业上做最好的自己。在先生的精心指导下，我在专业上进步很快，英文写作水平也大大提高了。尽管我们同是研究中国文化的，有很多的共同语言和专业兴趣，共享很多的书籍，但我们始终坚持学术独立的承诺。我们彼此守护，在工作和生活中有他就有我，有我就有他。看到我的成长，先生很开心，越来越爱笑了。他时常说，我今天的成绩都是我自己努力的结果，应该开心骄傲。可我自己知道，他的指导、微笑和首肯是我进步的动力。

先生的微笑和鼓励坚定了我面对挫折的勇气。在我们一起生活的20多年中，当我怀疑自己的时候，他会用微笑鼓励我相信自己。在我高兴的时候，他会和我手舞足蹈地庆祝，天真得像一个淘气的小男孩。在我难过的时候，他会把我轻轻地拥入怀抱，一言不发地让我尽情地流泪。他知道要强的我不喜欢别人问我为何流泪，最好的安慰就是静静地陪伴，便什么都不问。在我情绪低落乱发脾气的时候，他会微笑着听我发泄，像大哥哥一样体谅我的愤怒。在我内疚的时候，他用微笑告诉我他的谅解。也许是比我略年长的原因，他喜欢宠我，事事让我占上风，由此养成了我在家庭生活中的任性和霸道。先生常说："在你7岁的时候，我已经是一个14岁的大哥哥了，所以我必须让着你才对。"因为先生的体贴和宽容，"我永远都是对的"，我们的家庭生活很和谐，很少争吵。

先生的参与让我生活得不孤独。他是一个大教授，可是他会帮我做我不愿做的事。春天的时候，他买来牛粪，帮我翻地，准备菜园。他会主动定期吸尘，打扫卫生间，清洁厨房的地面。当看到我把洗干净的衣物堆在床上的时候，他会认真地叠衣服并归类，保持床面整洁。当我提出想吃烤玉米的时候，他会买来烤好，端到我的面前。当我想要旅行的时候，他会帮我把行李箱准备好，给我准备不会致敏的专用洗发用品，我只需要拿起手袋就可以出门。只要是我有需求，他就会尽量满足。在妻子面前，他不是一个大教授，只是一个很贴心的丈夫。

先生的微笑很阳光，坚定了我对爱情的信任。我们在美国过着平淡的中产阶级的家庭生活，彼此依靠，面对人生的挑战。在事业上，我仰仗他的真话。在生活中，我依赖他的厚道。在我郁闷的时候，他的微笑带给我希望。每天，我拥着他的告别吻和微笑投入工作，期待着他的午间问候和下班前的报告。当他在电话里告诉我"亲爱的，我马上离开办公室，会在15分钟后回家"的时候，我可以想象他归心似箭和挂在脸上的微笑。我知道他是真心想早点回家。每天回家后，他做的第一件事就是到我的办公室报到，给我一个很大的拥抱或把他冰冷的手藏入我的手心取暖。然后，他会微笑着问我："今天过得怎么样？"吃饭的时候，他会分享他一天的经历，甚至会告诉我他午餐的味道好不好或今天见到的人是不是无聊。当得知他的好友病危的时候，他会躲在我的怀里哭泣，然后用勉强的微笑告诉我不要为他担忧。可是他红肿的眼睛暴露了他心中的悲痛。作为同事，他不耻下问。作为朋友，他有情有义。作为丈夫，不管他多忙，他都不会忘记我的生日和我们的结婚纪念日，会记得把体贴送进我的生活。当他不在我身边的时候，无论是在校园，还是在海外游学，他都会通过电话或视频让我看到他的微笑。

　　太史文成全了我想做一个完整女人的心愿。从结婚的那天起，他就明白我是一个渴望事业和爱情双丰收的女人。他用微笑激励我在事业上发愤图强，做最好的自己。他用微笑呵护我的需求，让我感到做女人的幸福。嫁给他之后，我很少有对婚姻焦虑的感觉，因为我知道他就在我的身边。有他的地方就有我的家，因为他是一个不管在任何情况下都会拼命地向家奔跑的男人。我期待他的微笑如同等待明天的到来，他让我对幸福的人生有期待。

婆家人

（1）

　　嫁给美国人是一个很大的决定，仅仅两情相悦是不够的，因为婚姻是两个家庭的结盟和相互渗透。拜访公婆是我面临的第一个考验，我为此忧心忡忡，因为先生说他的父母对中国文化很好奇但没有亲密接触过中国人。

　　可是丑媳妇总归要见公婆的，我硬着头皮随先生前往特拉华州威尔明顿市（Wilmington，Delaware）拜访住在那里的公婆。从普林斯顿开车到威尔明顿市需要近两个小时。从定下到婆家做客的日子开始，我一直坐立不安。

　　和公婆见面让我紧张，因为我想赢得他们的好感，得到他们的祝福。和太史文相爱后,我知道逃不了见公婆这一关,也不想给中国人丢脸。为了准备见面,我学习美国文化和观察美国人的生活习惯,查阅有关美国的家庭关系、礼仪和风俗习惯,希望有临时抱佛脚的效果,因为我对自己的顽皮没有把握,害怕在高兴的时候得意忘形或失态。尽管先生宽慰我说做自己就很有魅力,不需要准备,我还是想表现得好一点。最让我头疼的是吃西餐的规矩。不管如何努力,我一直没有搞清楚白酒杯、红酒杯和香槟酒杯的区别,以及刀叉的摆法和使用顺序。因为不知道会发生什么事,我在出门之前嘱咐先生不要把我一个人留下和公婆独处。

当我发现和公婆见面紧张的不仅仅是我的时候,我暗暗自喜。第一次见面的时候,我紧张,他们也很紧张。记得我们去的那天阳光明媚,不冷不热,很舒服,可我的手心一直在出汗。为了能在当天赶回来,我们起得很早,早晨不到8点就上路了。当时正是新泽西的水蜜桃上市的季节,我们特意在出发前到当地的果园买了一大桶水蜜桃和一些有机蔬菜给老人们尝鲜。因为周末不堵车,我们提前抵达公婆家,比预期的时间早了25分钟。当我们刚刚把车驶向车道的时候,我看到一位娇小的、满头银发的老人走了出来,她站在门前看着我们停车。微风中,老人的银发在轻轻地随风舞动,脸上的笑意很春天。先生告诉我,那是妈妈西塞尔。她一定是在厨房的窗口看到我们的车子了,所以出来迎接我们。

提着水果,拉着我的手,先生快速地向妈妈走去。站在妈妈面前,先生放下水果,给了妈妈一个很大的拥抱。然后,他扶着我的肩膀把我推到妈妈的面前说:"妈妈,来认识一下我的未婚妻,您的儿媳妇,薇。"带着满脸的微笑,婆婆向我伸出双臂,试图给我一个拥抱,可是她马上收回了双臂,脸上带着一丝尴尬,喃喃地说:"宝贝,欢迎来家里做客,我儿子讲了很多关于你的事,我们都期待着和你见面。"因为婆婆的拘谨,场面有一点尴尬。看着笑眯眯的先生和他鼓励的眼神,我主动伸出双臂给未来的婆婆一个温暖的拥抱。气氛一下子缓和了。后来婆婆告诉我,她不敢碰我是因为她听朋友说中国人不喜欢拥抱,见面的礼节一般是握手,可她在见到我的时候忘记了握手的礼节,所以不知道该怎么办。

在我们说话的时候,公公司铎特不知在什么时候也加入了欢迎的行列。公公个子高、块头大,很富态但不臃肿。因为当过军人,快80岁的公公依旧站得笔直,不苟言笑,默默地站在婆婆身边听我们讲话。和热情的婆婆不一样,安静的公公让我感到紧张。先生曾经告诉过我,公公很有正义感,很固执,很有爱心,能不能被他喜欢是5分钟的事情。出于礼貌,我鼓起勇气走到了公公的面前,伸出双臂,希望我的诚意和微笑能让他接受我。看到我友好的姿态,公公轻轻地笑了一下,弯腰把我拥入了他宽厚的怀抱,轻轻地对着我的耳朵讲:"欢迎你。"

当我随公公和婆婆一同走进家门的时候,我发现茶几上放满了各种各样的小点心、干果和水果。婆婆解释说,她儿子告诉她我是上海人,喜欢吃甜食和零食。因为不知道我喜欢吃什么,所以就什么都准备了一些,希望我能喜欢。为了我的来访,从来不喝茶的婆婆特意买来两盒小袋装的茶叶供我挑选。因为婆婆不知道我是不是会用刀叉,她还到当地的中国餐馆要了几双简易的筷子,放在餐桌上备用。看到热情的婆婆和腼腆的公公,我感受到了熟悉的父母般的温暖。当我还在国内的时候,我的父母不是也以同样的方式欢迎我回家的吗?

公婆对我的喜爱让我有回家的感觉。因为父母已经离世多年,我很久没有感受到父母的呵护了。看到我懂事有礼貌,手脚勤快,为人朴实的公婆很自然地接受了我这个中国媳妇,把我当成了一个需要呵护的女儿看待。婆婆悄悄地对先生说:"这次你可没有看走眼,找到这么好的一个女孩。"看到忙前忙后的公婆,我心里一热,发誓要像亲生女儿一样好好孝顺公婆。尽管国籍不同,文化不同,父母爱孩子的心情是一样的。看来真诚是可以跨越国籍和文化的,我的紧张都是多余的。在遥远的美国再次感受到父母般的疼爱是意外的惊喜。

(2)

公婆的善解人意让我有做女儿般的心安。每次去看他们,婆婆都会带我逛商场,买礼物给我。她会牵着我的手去见她的朋友,向他们介绍她的中国儿媳。她自豪地告诉他们,她的儿媳不仅人长得漂亮而且很聪明,马上要博士毕业了。为了表达她对我的喜爱,她常常向先生打听我的喜好,找各种理由为我买礼物或赠送购物卡。我们的生日、结婚纪念日、美国节日和中国的春节都是婆婆送礼物的借口。知道我喜欢安泰勒(Ann Taylor)和拉夫劳伦(Ralph Lauren)的服装,但由于太贵,在读书期间买得不多,婆婆每年都会送给我几张购物卡。公婆知道我喜欢吃海鲜，尤其是螃蟹，每次在吃螃蟹的季节，他们都会打电话催我们回家，并且嘱咐我们一定要在午饭前到家。在我们回家的那天，公公会早早地开车出去把提前订购的煮好的特大号螃蟹拿回家，以便午餐时享用。看到我可以一口气吃6只大螃蟹，公婆对我直竖大拇指，夸我能干。

公婆对我全心全意的疼爱让我很感动。只要在商场或广告中看到我可能会需要的东西，他们都会买来寄给我。婆婆告诉我，有我这个懂事的儿媳妇让她感觉多了一个贴心的女儿，非常的开心。看到她儿子的脸上多了笑容，她很感激我的努力，让她的儿子幸福。先生的姐姐苏珊常常调侃说先生是妈妈的骄傲，只要儿子幸福妈妈就会开心。老人对我的首肯让我开心。

其实和美国公婆和睦相处的秘诀是用心。他们需要的不是孩子们的经济援助，而是陪伴。因为和公婆相处很好，我们回家的次数也多了起来，给了老人们释放对子女的思念的机会。婆婆有一双儿女，姐姐住在离婆婆不太远的宾夕法尼亚州（Pennsylvania），但是回家的次数不多，因为婆婆和姐姐有一点小误会。每次谈到姐姐，婆婆都会叹气，不知该如何改善母女关系。我们结婚之前，先生也是一两年才回家一次。因为儿女们不常回家，婆婆时常抱怨家里冷清，很羡慕她的朋友能和家人过节或被孙儿"叨扰"。听到我和婆婆的聊天内容，公公坐在一旁一句话也没有说，但从他躲避的眼神中，我知道老人的心里难过。公婆很喜欢我们回家，对我们的照顾很贴心。知道我对花粉过敏，婆婆会在我们回家之前调换花卉，保证环境的安全。因为我夸公公的烤西红柿好吃，只要是在吃西红柿的季节，公公都会特意买到最新鲜的有机西红柿烤给我吃。而且在吃的时候，公公会优先满足我。公公是南方人，他做的感恩节火鸡很特别。因为我第一次到家里过感恩节的时候吃得很多，公公每年都会亲手做火鸡给我们吃。饭后，婆婆还会给我们打包带回家，让我解馋。因为公公对我的宠爱，婆婆经常开玩笑说："薇即使杀了人，司铎特也会把她庇护下来。"其实，和美国公婆相处不需要刻意讨好，用心做自己就可以魅力无穷。

美国老人最需要的是子女的关心，为公婆送上爱心成了我的节目。为了回报公婆对我的喜欢，我刻意做一些让老人开心的事。我承诺常回家看看。我告诉他们儿女孝顺父母是中国人的传统，是晚辈对长辈的义务。中国的传统是当父母健在的时候，儿女们不管在哪里都会带着孩子们回家和父母一起过年。婆婆羡慕地说，中国的父母真幸福。其实，公婆是一对很开明的老人，对子女的要求很少。公公是退休的工程师，婆婆是家庭主妇。婆婆上大学时，是学新闻专业的，很激进；但是结婚后，她做了家庭主妇，相夫教子，热衷于小区的慈善事业和民主党的竞选活动。两个孩子上大学之后，他们就成了空巢父母。尽管他们没有讲出他们的寂寞，我们每次回家带给他们的欢喜是显而易见的。看着善良的公婆和他们眼中的期盼，我的心里很不是滋味。我答应婆婆说："只要我在，我一定在重要的节日把您的儿子和孙儿们带回来和你们一起过节。"听了我的话，婆婆的眼中含着泪水，拉着我的手说："你是一个好孩子，不要难为自己，我们理解你们很忙。"

我守住了对公婆的承诺，直到老人们去世。从结婚到公婆去世的10余年里,我和先生每年都会回家四五次看望公婆,给他们带去土特产和我们出国为他们买的礼物。即使不能回去,我们也会在公婆的生日和重要节日打电话或寄去我们的祝福。记得有一年公公过生日,我们和孩子们一起在电话中给公公唱生日歌的情景。因为歌唱得走调,高低音杂乱,电话那一头的公公说:"你们一家都喝醉了吗?"但在公公的声音里,我听到了他的开心和满意。

(3)

中国的葵花子拉近了我和婆家的关系。我喜欢吃瓜子,而且有一套为自己狡辩的理论。我辩解说吃葵花子为的是放松自己,而事实上吃瓜子是辅助我思考的方法。在美国读书的时候,因为压力很大,我常常用吃瓜子来帮助自己专心思考。我通常会在吃完半包瓜子后,想到解决问题的方法,非常的有效。我还特意买了一个漂亮的小盒做我的瓜子盒,无论多忙,我都有吃瓜子的时间。和先生结识后,他不明白我为何有如此的耐心吃瓜子,在他的眼中我是一个急性子。先生尤其不喜欢我把瓜子壳掉在床上或地毯上的坏习惯。他说:"买剥出来的瓜子仁吃不是更方便吗?"我告诉他,吃瓜子是一种艺术行为,只有会吃的人才能享受在嘴里剥壳的乐趣,因为吐出的瓜子皮的完整代表了吃瓜子人的水平。我狡辩说,吃瓜子培养的是耐心,因为急躁的人不可能安安静静地坐在那里一颗一颗吃的,保证每个瓜子仁的完整和吐出的瓜子皮的好品相反映了一个人做事的风格。我告诉先生,在我很生气的时候,吃瓜子可以平息我的愤怒；在我遇到难题的时候，吃瓜子可以吃出解决问题的方法。所以，无论我走到哪里，我都会带一点瓜子应急。也许是我吃瓜子的理论很有说服力，先生不再责怪我吃瓜子，而且会记住囤积瓜子供我享用，也不抱怨为我收拾吃瓜子后的残局。他说："娶你做老婆，我必须娶你的瓜子盒。"可他没有想到，我吃瓜子的习惯会为家庭和睦做出贡献。结婚后，因为和公婆相处得非常好，我在婆家很放松，在探望他们的时候常常会带上我的瓜子盒。

  我和公公的交情是从吃葵花子开始的，好得让家人嫉妒。当我把公公喜吃中国瓜子的事告诉朋友的时候，没有人会相信。我的朋友们说，一个80岁的不苟言笑的美国老爷子，一本正经地坐在那里吃葵花子，有那份耐心？不可能。而我却告诉他们我说的是真人真事，公公司铎特就是这样一位可爱极了的老人。在遇到我之前，公公从来没有吃过中国的葵花子。因为我的推荐，他才开始学吃葵花子。

  教会公公吃瓜子是我在婆家的一个突破，因为吃瓜子让公公少了几许孤独。公公少言寡语，不苟言笑，很难亲近。每次我和婆婆聊天的时候，他都会坐在旁边一声不响，我常常有把老人留在谈话之外的内疚。看到公公经常独自坐在阳台发愣，我很心疼，想用吃瓜子的方式来陪伴他。公公听到我的提议，很高兴，答应试试。我打开我的瓜子盒，给他示范如何用手剥出瓜子仁的时候，他对我的灵巧很惊奇，学得很认真。我们俩在阳台练习了好久，直到公公可以自己剥开瓜子皮把小小的瓜子仁拿出来放进嘴里享受为止。可惜的是，公公的手很大，手指很粗，剥瓜子的时候非常的吃力，会有很多破碎瓜子掉在地上，样子有点狼狈；但是，公公一声不吭地坚持练习。每当成功地获得一颗完整的瓜子仁的时候，他都会拿给我看，自豪地笑笑，然后放到嘴里，慢慢地嚼着他的成果。后来，看他太辛苦，我不忍心让他再剥下去了，告诉公公说，现在由我来剥，他负责吃。当我把剥出的一大把瓜子仁递给公公的时候，他会全部放到嘴里一起吃，并且告诉我，吃瓜子应该是大把地吃才有味道。说话的时候，他会张开嘴巴给我看，可爱极了。他还说："我喜欢中国葵花子的味道，但是剥瓜子太难，我太笨，学不好。"听了他的话，看到他的一本正经的样子，全家人都笑弯了腰。婆婆说，司铎特已经很久没有这样开心了，是我这颗开心果把严肃的司铎特调节得很好。

我用葵花子的情意送走了公公。因为吃瓜子的关系，我和公公很要好。在去婆家之前，我就开始在家里剥瓜子，把剥好的瓜子仁装在一个小盒中带给司铎特。每次看到我，司铎特都会眼中含笑，等待着我的礼物。他很喜欢和我安安静静地看电视，把我剥好的瓜子仁从我的手中接过去放在嘴里。我们的动作很协调，当我伸手递瓜子仁的时候，他会同时伸出手来把瓜子仁接过去。看我和司铎特都喜欢吃瓜子，婆婆特意到商场买来美式的盐烤瓜子让我们品尝。听到我抱怨美式葵花子太咸不符合健康标准的时候，婆婆会抿嘴一笑，一点也不介意我的直言相告。在公公病重住院的时候，公公很开心我能陪他。看到守在身边的我小心翼翼地为他按摩、剪指甲的时候，公公流泪了，拉着我的手说："孩子，谢谢你。"在老人家弥留之际，在一次短暂清醒的时候，他突然看着我说："钱够用吗？需要钱吗？我给你。"听到老人的话，我的眼泪夺眶而出，因为老人还记得我们刚结婚时的艰难和我们的拒绝帮助。尽管公公在最后的日子里已经靠输液维持生命，不可能吃瓜子了，但我依旧在他的病床前剥葵花子给他看。因为病房中有病菌，我每次都会把辛辛苦苦剥出来的瓜子仁拿给老人看后悄悄地丢入垃圾箱。我想让老人知道我很在意我们之间的情分和一起吃瓜子的悠闲。我希望老人能记住我、我的瓜子和我对他的爱，能多带走一些美好的记忆。我相信公公收到了我的心意。

（4）

和安静的公公完全不同，我与婆婆西塞尔的相处很容易。婆婆很善良、慷慨、健谈，喜欢交朋友。她对女儿和儿子都很疼爱，并且一直很努力地想成为他们生活中的一分子。可是因为一些小误会，姐姐对婆婆一直不肯亲近，很少回家，让婆婆很难过。每次说到姐姐，婆婆都会自责说不知道她在哪里做得不好让姐姐不肯原谅她，我很心疼婆婆。因为刚刚嫁给先生，不了解他的家人的关系和心结，只能尽自己的努力来弥补婆婆对女儿的思念。每次去拜访的时候，我都会特意多带一些礼物让婆婆分给她的朋友，给她炫耀的机会。我会刻意围着婆婆忙，给她梳头，向她讨教织毛衣的诀窍，因为婆婆的手很巧，给先生织了好几件毛衣。我会有意听取婆婆对时事的看法，在言谈中夸奖她做过记者的职业敏感，让婆婆很开心。知道她喜欢参与社会活动，热衷民主党的竞选工作，并且口才很好，我会拿着婆婆上报的旧照片请教婆婆往事。有空的时候，我会陪婆婆逛商场买东西，因为她喜欢时尚。婆婆穿戴讲究，很在乎礼数，即使是到当地的小餐馆吃饭，她也会花很多的时间打扮自己，配上最喜欢的首饰和手袋后才出门，说这是尊重自己和他人。婆婆讲究生活的情调，喜欢养花养草，添置了一个4层的大花架。即使后来公婆从有5间卧室的大房子搬到只有2间卧室的退休公寓，处理掉了家里的家具和大餐桌，但还是保留了那个花架，足见她对花草的喜爱。所以，投其所好，我和先生会在看望公婆的时候特意送给她喜欢的花卉和盆景。婆婆显然很喜欢我们的礼物，在我们离开后，她会打电话给我们汇报盆花的生长情况。如果开花，她会兴致勃勃地拍照片寄给我们看，那股兴奋劲好似捡到了一个金元宝。我们知道让老人高兴的不是花草而是我们对他们的关爱。知道婆婆在感情上很依赖先生，我会经常提醒先生给老人打电话聊天，听婆婆抱怨姐姐的疏远或汇报她老朋友的欢喜和悲伤。

婆婆的细心和体贴让我感受到父母般的疼爱。刚结婚的时候，看到我们花钱谨慎，衣着简朴，婆婆悄悄地告诉我，如果有困难，一定要让她知道，她愿意帮忙。很多中国父母需要为儿女们一辈子受累，而成年的美国人大多在大学毕业后独立自主，不想成为父母的负担。美国人在工作或结婚后，很少接受父母的帮助，即使困难重重也会自己扛起来。所以，当先生拒绝回答婆婆提问的时候，婆婆找到我表达心意，我很佩服婆婆的敏锐。刚结婚的时候，我在普林斯顿大学的工作是半职，因为完成博士学位论文得到学位是我的生活重心；支付房贷、车贷、孩子的私立学校学费及其他养家的费用，靠的都是先生的薪水。因为不想贷款，我们决定节衣缩食地过日子。在婚后的前5年，我们夫妇不添新衣、不去饭店、不度假，把供养三个孩子的教育放在首位。有一年三个孩子都在大学读书，仅学费一项就压得我们喘不过气来，可我们不肯接受婆婆的帮助。当婆婆问起的时候，我宽慰她，我们有能力照顾好自己，生活简朴是因为我们不肯借钱过日子，包括父母的钱。看到我的态度坚决，婆婆没有再提起这件事，但她一直在悄悄地变相资助我们。每次从婆婆家离开的时候，她恨不得把家里所有能拿的东西都给我们带走。看到我们的推托，公公开玩笑说："你现在应该知道犹太母亲的厉害了。如果你们不拿，你们走后，我的日子会不好过。你婆婆会拿我出气的。请帮帮我，把准备好的东西带走吧。"看到处处为我们着想的公婆和他们对我们的自尊心的维护，我想到了自己的母亲和父亲。当年回家探亲的时候，母亲也是用同样的方式送我出门的。看来表达母爱的方式是不分国籍的。

  婆婆的认可让我很有成就感，但她对孩子们的溺爱让我颇为不满。我和先生一共有三个孩子。先生和他的前妻有一女一子，我女儿的年纪刚好夹在中间。先生离婚后，女儿赛迪和儿子沃克随母亲生活在纽约，由我们每月支付赡养费直到孩子18岁成年。在孩子读中小学的时候，赛迪和沃克通常在普林斯顿和我们过假期。所以，带他们去看望爷爷奶奶是一定要做的事，因为这是老人们见到孙儿的唯一机会。 因为心疼孩子们的尴尬和不易，我一直很宠爱赛迪和沃克，试图做一个最好的继母，让孩子们有归属感和安全感。我对他们比对自己的女儿更关心、更操心，算是博得了他们的认可。

可是，赛迪对我始终很客气，我也不愿意勉强，因为孩子处于青春反叛期，对我的排斥是可以理解的。但热爱艺术的沃克却非常喜欢我，很愿意亲近我。他喜欢随我逛画廊和博物馆，尤其喜欢我做的饺子和中式烤鸡翅。他还把我包的上海馄饨命名为"尼姑帽"（Nun's Hat），很是形象贴切。事实上，沃克是我和先生最疼爱的孩子，因为这个孩子非常的聪明、善良和善解人意。先生常常批评我对沃克过于放纵。我回答说："沃克是男孩子，不会打架的男孩子成不了男子汉。我愿意为他的正当防卫和反击买单。"听到我的不容置疑，先生只能放弃坚持。说实话，我和先生的运气很好，三个孩子都很优秀，在学业上没有让我们太费心，中学毕业后都考入了非常好的大学。从普林斯顿大学毕业后，热爱写作的赛迪获得了比较文学硕士学位，做了职业编辑；从艺术学院毕业的沃克成了求生纽约的职业画家，有了自己的工作室。可是，在他们小的时候，我很头疼孩子们在日常生活中的自私和浪费行为，由此造成我和先生与婆婆的冲突。因为和孙女赛迪是同月同日出生，婆婆对赛迪尤其宠爱，几乎是有求必应。在我管教孩子们的时候，婆婆一定会出来搅局，庇护犯错的孩子。尤其是当我和先生在管教孩子的问题上有分歧的时候，婆婆总是帮倒忙，让我心情很不好。先生是个性情中人，在管教孩子的问题上没有原则，让孩子养成了不少的坏毛病。比如说，孩子们认为在圣诞节得到父母和爷爷奶奶的红包和礼物是天经地义的，可我说，爱应该是双向的，有付出才有资格得到。我很反感孩子们的"拿来主义"行为。我要求孩子们为家人亲手做生日礼物，在圣诞节的时候用自己的零花钱为家人和朋友买礼物而不是让父母付钱。我意在教会孩子用行动表达爱意，不要在乎礼物的贵重而要在意做人的诚恳。我坚持说，小毛病不改会养成坏习惯，没有是非观、自私的孩子会活得孤独。尽管先生在孩子面前维护我的尊严，执行我的决定，但他心里的不爽却都挂在脸上，让婆婆担忧。公公一向不主张介入我们的私生活，尤其是管教孩子的方法。可婆婆心疼儿子，溺爱孙儿，想在我和先生中间和稀泥。她支持我对孩子们的要求，但时常在背后庇护犯错的孩子或用钱安抚孩子。婆婆认为我对孩子过于严厉，但不想得罪我，怕我和她疏远。因为不喜欢婆婆的干涉，我一度减少了探访公婆的次数，使关系变得有点尴尬，不过我依然坚持和老人们一起过感恩节和圣诞节。在我的严加管教下，当三个孩子变得比以前有礼貌，懂节约，愿意用劳动换取零花钱的时候，先生和婆婆看懂了我爱孩子的真心，不再干涉我的坚持，也不再背着我给孩子零花钱了，我们的关系恢复了正常。当先生偶有异议的时候，婆婆也会站在我这边，建议他听听我的理由。

公婆对中国文化的尊重让我感到做中国人的骄傲。自从有了我这个儿媳妇，婆婆开始关注报纸上有关中国的报道，以便在我去看她的时候讲给我听。她会穿上我为她买的漂亮的唐装到朋友圈内炫耀，让大家都知道她的儿媳来自中国。为了学会用筷子，婆婆叫我买了一把竹筷，以便我来的时候按中国人的习惯吃我烧的中国餐。因为先生说美国人不习惯把菜放到碗中的米饭上面吃，于是我们是用大盘子吃米饭的。这种不中不美的吃法让我这个地道的中国人都感到力不从心，因为筷子在盘子里夹不起米饭，我经常用勺子或叉子吃米饭。可是，可爱的婆婆坚持要效仿儿子用筷子吃米饭，怎么劝都不肯放弃。她甚至相信中国人是用盘子吃米饭的。婆婆说："既然吃中餐，我就一定要学会用筷子吃饭。"看到认真固执的婆婆，我们只好由着她。但是饭后的清理让我非常头疼，因为婆婆不仅把米饭撒得满身、满桌都是，而且踩在脚下，黏在了地毯上，很难弄干净。饭后，我和先生需要趴在桌下清理很久，让我恼火。我悄悄地对先生说："让妈妈不要用筷子了好不好？"先生说："难得老人高兴，算了。以后的清理归我就好了。"既然儿子孝顺不肯扫妈妈的兴，我就只能作罢。后来，我发现公公和婆婆不太习惯吃中餐。公公不说，只是吃得很少，我好几次看到公公在饭后不久又到厨房吃东西。婆婆也更习惯吃美式的重味重色的中餐，觉得我的江南菜太甜太淡，没有味道。为了让我开心，公公和婆婆使出了浑身解数来品尝我的菜肴和赞赏我的厨艺，尽管我知道我的厨艺只能骗骗老外，真是难为两位老人了。为了减轻公婆吃中餐的压力，先生接过了烧饭的工作，婆婆的厨房终于恢复了原有的井然有序。中餐风波算是过去了，我很感谢公婆的信任和努力。

（5）

其实，最懂得欣赏我做的中餐的是姐姐苏珊。苏珊是美食家、评酒师，是宾夕法尼亚州一家有名的西餐馆的老板。

姐姐苏珊一开始就接受了我这个外国弟妹，觉得我善良随和，好相处。她性格刚烈，喜欢照顾人，喜欢管事。作为长姐，先生在她的眼中始终是没有长大的毛头小弟。刚结婚的时候，我发现他们姐弟之间很客气，说话的时候很谨慎。先生解释说，姐姐性格刚毅，有主见，做人强势，她和父母相处不融洽是因为姐姐对母亲有成见，认为母亲过分偏向弟弟。尽管姐姐住在婆婆家隔壁的州，开车仅需要10分钟，但她不常回家，电话也打得很少，婆婆很伤心。先生说夹在母亲和姐姐之间他很为难，不想因说错话而造成更多的误解。所以，多年来他一直回避姐姐。从我和姐姐的接触中，我很欣赏姐姐的快人快语，也理解姐姐的不满，因为我也曾是家中被疏忽的孩子。为了消除姐姐和婆婆的疏远，让先生和姐姐亲近起来，每次去看老人的时候，我都会提议家庭聚餐，把姐姐和婆婆拉到同一个空间。聚餐的时候，我们会主动备食材、烧饭和洗碗，让姐姐和婆婆有单独说话的机会。看到我们的诚恳，明白了我们的心意，姐姐一家都会接受邀请来婆婆家吃饭，或把全家请到她家用餐。有长假的时候，我们会在拜访了公婆后住在姐姐家，努力和姐姐一家亲近。当我发现，做一个需要呵护的小妹妹出现在姐姐面前是最有效的方法时，我找到了打开姐姐心扉的钥匙。

　　让姐姐找到做长姐的感觉，为的是让姐姐放下戒心。和姐姐相处的时候，我会利用各种机会亲近姐姐。在厨房给姐姐帮忙的时候，我会请姐姐给我讲吃西餐的规矩。吃饭的时候，我会认真地请姐姐教我辨认香槟酒和红酒杯子，因为这是姐姐的专长。平时，我会适当地给姐姐添一点小麻烦，给姐姐教训我的机会。比如住姐姐家的时候，我会在早晨赖床不起，让大家等我吃早饭。当姐姐派先生到楼上来抓我的时候，我已洗漱好，乖乖地下楼等着挨训。在姐姐准备好晚饭叫大家吃饭的时候，我会赖在书房翻看姐夫的杂志，赶走来催的先生，装聋作哑地让姐姐生气。尽管我把姐姐折磨得团团转，但我知道，姐姐的心里在笑，因为我这个弟妹没有把她当外人，让她有做长姐的感觉。

　　我很开心多了一位护犊的姐姐。有的时候，我有捉弄她的内疚感，很自责我带给她的麻烦。姐姐是饭店的老板，每天都是早晨5点起床到店里接货、验货，准备当日的材料。为了不饿着我们，姐姐会在上班之前把早餐和午餐准备好，这会让她至少少睡30分钟。我们告诉过姐姐不要管我们，但姐姐不放心，坚持把早餐、午餐都安排好才出门。姐姐很喜欢我们去看他们，并且告诉我们随时可以去，这是一个非常慷慨的邀请。在向别人介绍我的时候，她总是说"这是我的小妹妹"，而不是说"我弟弟的太太"，让我真切体会到了姐姐对我的接纳。

　　姐姐对我的宠爱让家人吃惊。先生和婆婆说我一定对姐姐使了魔术，因为姐姐一贯是对外人比对家人友善，对同事比对兄弟在乎。我告诉先生，姐姐坚强了一辈子，心却冷了很多年，想化解她对母亲的成见和对弟弟的不满需要真诚和耐心。如果我们让姐姐感受到我们对她的尊重和发自内心的在乎，她会慢慢释怀。我相信如果姐弟关系正常了，和母亲的关系也会慢慢地正常化，因为姐姐是一个非常善良的人。在我结婚的那天，姐姐专门提前到达普林斯顿，以长姐的身份帮我梳妆打扮，把我嫁了出去。平日里，姐姐会根据我的喜好为我准备食物和水果。

　　我们的努力没有白费，在婆婆去世前的几年里，姐姐和婆婆的关系明显好了很多，彼此走动也多了起来。在婆婆病危住院的时候，姐姐守在身边。姐姐说，我们住得太远，有工作有孩子，来回跑太辛苦，所以老人有她照顾就好了。可我知道，姐姐的饭店业务很忙，姐夫经常出差，顾不上家，姐姐是在给自己加码。因为要照顾婆婆住院，姐姐睡得少，看到姐姐的时候，我心疼她的憔悴，可姐姐坚持这种安排，不容我们推让。因为了解姐姐的个性，我们顺从了她。在婆婆弥留的最后一个星期里，是姐姐守在婆婆的身边，陪老人走完了最后的一程。我相信婆婆一定感觉到了女儿的爱，走得很安心。

公公和婆婆已经过世10余年了，我很想念他们。如果他们知道我们和姐姐保持着亲密的姐弟关系，他们一定会高兴。每年的圣诞节，我们都会南下到姐姐家过节。在姐姐和姐夫面前，我们依然是任性的需要呵护的弟弟妹妹。只要姐姐开心，我情愿做一个不懂事的小妹，随时接受她的训导。

结束语 做最好的自己

我失眠了,因为我不知道该如何给这部回忆录结尾。我很恐惧,害怕我写的东西会浪费他人的时间,甚至怀疑自己写了一本没有资格出的书。已经20多年没有好好用中文写过长篇的东西了,突然想写一部回忆录,这让我自己都觉得唐突。可是,心里痒痒的不肯放弃,我只能纵容自己一次。

我写这部回忆录不是为了炫耀我的成就,而是想说出压在心底的不安。我想把一个真实的、在美国创业的、20世纪90年代的中国留学生的奋斗史呈现给大家。我希望我的故事能安慰我的同龄人,因为我和他们一样在努力做最好的自己,在这个世界里留下了自己的足迹。我想把我的失误讲给后来者听,希望他们吸取我的教训,不再重蹈覆辙,记住要珍惜身边的人。我想告诉我的家人和关心我的朋友，我活得很努力，没有辜负大家的期望。

我想告诉这个世界我证明了自己存在的价值。当我这个1979年的高考落榜生走出国门，获得美国两个名校的学士、硕士和博士学位的时候，我验证了"命运不会辜负有准备的人"的真理。因为不屈服命运的安排，我挑战了自己，抓住了改写人生的机会，把自己修炼成一个受人尊敬的职业女性。按理说，我应该满足于自己的收获，享受拥有，可我做不到，因为获得博士学位虽然满足了我的虚荣心，却没有洗去我的内疚。成功之后，我想得最多的是自己做人的糊涂，没有在匆匆赶路的时候问过自己想要什么，过得是不是开心，而只是一味满足他人对我的期望。小时候，我尽全力讨好父亲，希望做一个让父亲满意的孝顺女儿。工作后，我勤奋努力，谨慎做人，希望能被领导和同事接受。到美国留学后，我全心洗刷高考落榜的耻辱，把拿到学位、为父母争光作为目标。

我颇感委屈，因为我从来没有为自己活过。为了成功，我付出了全部，唯独忘了照顾自己。在国内任职的时候，因为害怕以小失大，我没有说出过自己的心声。为了能有出头之日，我忍辱负重地生活，咽下了一大堆的垃圾，至今仍有想呕吐的感觉。初到美国留学时，我害怕得不到奖学金，不敢选自己最喜欢的专业，不敢一天睡觉超过5个钟头，不敢花钱犒劳自己，不敢让导师和教授们失望。2005年是苦尽甘来的一年，因为我获得了美国西北大学文学院的博士学位。在获得博士学位的那一刻，我想到的是父母和他们缺席的悲哀。在美国创业成功后，我不敢沾沾自喜，因为我亏欠了家人、导师、旧识和友人。这份沉重拖累了我很多年，压得我喘不过气来，让我无法满足于舒适的生活、如意的事业和美满的家庭，因为我感到委屈。在坚强了一辈子后，我看到了自己疲惫的身影，开始明白自己为何在心愿都实现了之后依旧坐立不安。尽管知道自己没有专业作家的天赋，写不出惊天地泣鬼神的作品，可我有讲真话的勇气。

写出我的心声是我送给自己的一份薄礼。完成初稿后，我反复读了几遍，不知道是该高兴还是该悲伤。这部回忆录记录了我的过去、现在和对未来的期盼。书中的字字句句披露的是我深藏多年的秘密和心结。把自己赤裸裸地展现给读者，为的是让那个藏头掖尾的、折磨了我多年的心魔露出原形，得到最后的解脱。面对自己的不完美为的是放下纠结，活好自己。

我有冒名顶替综合征（imposter syndrome），我有记忆的人生都是在质疑自己。小时候，因为父亲管教严厉，我对自己没有信心，擅长把成绩归功于运气好。到敦煌工作后，我自责天分不好、努力不够，没有成功的资格。到美国留学后，我感觉自己有欺骗他人的嫌疑，因为我不优秀却蒙混过关，得到留学的机会。这份不自信折磨了我很多年，让我无法理解不开心的原因。几年前，我读到了有关"冒名顶替综合征"的讨论，才恍然大悟，发现自己有此综合征的六大症状。根据心理学对冒名顶替综合征的定义，有这种心理障碍的人常常在没有证据的前提下怀疑自己的成就，恐惧会有一天被他人发现自己是个骗子。患这种病的人擅长把成就归功于运气或他人受到欺骗而高看了自己的能力，故而对自己没有信心。医学家的研究表明，导致这个病症的原因有性别、早期家庭环境、文化的影响，看起来很符合我的经历，可我不敢承认自己有心理障碍。当读到《纽约时报》的专栏作家米歇尔·高登波戈（Michelle Goldberg，March 18，2019）认为冒名顶替综合征是白领精英阶层的职业病的时候，我稍轻松了一些，觉得自己并不孤单。可我依旧心虚，为自己有假装精英的嫌疑而忐忑不安。当美国总统奥巴马的夫人米歇尔·奥巴马（Michelle L. R. Obama）在2018年访问英国伦敦的一所女子中学，公开承认她有冒名顶替综合征的时候，我长长地松了一口气，有奥巴马夫人做伴让我不再感到孤单。

　　承认自己的软弱为的是把未来过好。我想通过写回忆录放过自己，因为随着年龄的增长、阅历的丰富和成就的累积，我对自己的质疑越来越偏激。当年高考落榜的时候，我把考不上大学怪罪于运气不好。在敦煌做石窟讲解员的时候，我不相信游客是真心赞扬我的出色和敬业，因为我对佛教艺术的了解很肤浅。当接到美国史密斯学院的录取通知的时候，我拿着电报发呆，不敢相信我真的考上了这所学校，因为该校的录取率只有申请人数的8%，而申请学生的平均分是3.75分以上（满分4分），我不相信自己是个好学生。是不是学校搞错了？我会不会得到另外一份纠正错误的电报？在美国读书得到第一个"A"的时候，我不相信我会写出一篇得分为"A"的艺术论文，怀疑老师是因为我是外国学生而网开一面。当我代表美国西北大学艺术史系到美国首府华盛顿特区竞争到美国华盛顿高级艺术视觉中心的博士生论文大奖的时候，我不敢相信自己竟然打败了常春藤大学的竞争者，而相信自己是侥幸得到此荣誉。在博士毕业典礼上，我听到了研究生院院长叫我的名字，但不确认是不是有人和我同名同姓，不敢贸然上台接受博士学位。直到旁边的同学推我，我才醒过神来，知道获得博士学位的人确实是自己。创业之后，我担任中国艺术专家证人为法庭准备专家意见的时候，我会在递交报告后怀疑自己的意见是不是公正，文笔是不是流畅，申辩是不是有说服力。当我把35万字的英文书稿交到了出版社，签了图书出版合同后，我怀疑书的专业水平和写作风格是否贴切。记不清有多少次，我认真地质疑过自己得到的学位和专业资格的合法性。知道自己没有公正地对待自己的心胸，我只能承认冒名顶替综合征对我的控制，正面抵抗我的心魔。

学会和心理障碍共处为的是善待自己。进入不惑之年后，我已经不在乎别人是否喜欢我或接纳我，因为我已经实现了我的读书梦和创业梦。我只想考虑如何调整自己的心态，做自己想做的事，活得问心无愧。我一直想做一个作家，出版一本让自己骄傲的书。我想完成一套专业丛书的三部曲（书画、瓷器、玉器的欣赏和评估）和一本中文回忆录，很欣慰自己已经在努力的过程中。

我很坦然自己一辈子过得真实和诚恳，庆幸命运没有辜负过我。从无奈的高考落榜生到自信的美国哲学博士，我吃过苦，流过泪，落过难，留过学，创过业，也面对过死亡，算是没有白活。在我辞别了母亲，撇下了幼女，到美国寻找自己和幸福的时候，我知道自己的一生不会一帆风顺。我骄傲自己活得有野心但不张狂，活得有骨气。我欣喜自己守住了做人要自爱自重的原则，压制了自负，活得坦荡。我不是成就大业的人，欣慰自己活得自强不息、无怨无悔。我不敢奢望做一个对社会有贡献的人，自许做到了不给社会添负担，算是没有遗憾。

　　我没有想过做一个完美的人，可我努力做一个好人。这本回忆录写出了我的坚强和无畏，同时也道出了我的悲哀和无奈。从一个中国的高考落榜生，到美国名校的哲学博士，再到成功的创业者，我骄傲自己的优秀。但是，书中记录的眼泪、悔恨和不安勾勒出了我的软弱。我对实话实说不感到难为情，因为要写出一个真实的、有血有肉的、20世纪90年代出来在美国打拼的中国留学生的奋斗和感恩，是这本回忆录诞生的真正原因。

　　写到这里，我已经没有了遗憾，因为我说出了自己想说的话，做了自己想做的事。我不再难过，因为来自中国西北戈壁的、自强不息的沙枣花不会轻易掉眼泪。

后 记

"It takes a village to raise a child."（养育一个孩子需要全村人的努力。）我很喜欢这条非洲谚语，因为它是我事业之路和写作生涯的写照。

此书的诞生是站在我身后的一群朋友努力的结果。记得在我完成草稿，捧着手稿不知所措的时候，老朋友王浩引荐了出版界的新朋友——北京出版集团的刘庆华先生、编辑高琪女士和林骦济先生。当知道高编辑和林编辑喜欢我的作品，愿意和我合作的时候，我流泪了，因为这部回忆录的出版对我很重要。当刘先生告诉我，出版社会努力把这本书"打造成一部最美的书"的时候，我被他的关注感动。当高编辑告诉我"这本书一定可以为读者带去温暖与感动"的时候，我不置疑他们的专业洞察力。在洋洋洒洒的草稿修改意见中，我看到了刘先生、高编辑和林编辑的理解、耐心和一丝不苟。从改稿的时间备注上，我看到了高、林两位编辑挑灯夜战的背影。我很惭愧自己已经"生锈"的中文，只能赋予这本书真诚和坦率的脊梁，是高、林两位编辑的反复裁剪和润色给了它文学的生命。负责封面设计的周晓敏女士则把这本书的出版推向了完美。她的设计才华和洞察作者心境的敏锐让我在朴实无华中看到了自己反思的背影。

期待此书问世的还有我的老朋友王浩、姐姐杨建、妹妹杨敏、外甥秦磊、丈夫太史文和女儿阳阳。在我质疑自己的时候，他们一直在我的身边摇旗呐喊，做我最忠诚的啦啦队，给我前行的勇气。

这本书的问世慰藉了我的感恩之心。爱我的家人和支持我的朋友们共同努力圆了我的写作梦。

是家人的支持、友人们的付出和编辑们的努力让这部书稿见到阳光。

2020年6月